本気《マジ》で不純な生存戦略
～精気吸引はじめました～

Matsuri Kouduki
高月まつり

CHARADE BUNKO

Illustration

八千代ハル

CONTENTS

本作品の内容はすべてフィクションです。
実在の人物、団体、事件などにはいっさい関係ありません。

なんで毎回こうなるんだろう。

会社が終わってから恋人とカフェで待ち合わせ、旨いと評判のイタリア料理店に行こうとした矢先のことだ。

四月下旬。ようやく薄ら寒さがなくなってきた頃。

カフェを出たところで「ちょっと待って」と言われて立ち止まった。

「優《ゆう》君は悪魔の血が入ってるのにね……」

微笑む彼女に凄く嫌な予感……というか既視感がした。

「付き合って二ヶ月も経つのに、なんにもないのよね。キスぐらいはしてくれるかと思ったけどなかったわ。優君は悪魔の血が入っているんだから、もっとこう……本能に身を任せた情熱の嵐みたいなことを期待してたんだけどな。いくら真面目だと言われていても、恋人相手にはアレコレするもんじゃない？　そういうもんじゃない？　お泊まりデートしたかったけど、優君が相手じゃお泊まりする前に私がお婆ちゃんになっちゃう。だから別れましょ」

彼女は諦め顔で言うと、そのままスタスタと歩き出して人混みの中に紛れた。

潔い別れすぎて、振られたと気づくのが遅れた。

「あー…………、またかよ」

吐き出された言葉が弱々しい。

一方的に別れを告げられるのは、初めて恋人が出来た大学生の頃からこれで何度目だったか、もう覚えていない。覚えられないほど誰かと付き合ったからではなく、全部覚えていたら悲しいからだ。

佐《さ》々《さ》上《がみ》優《ゆう》太《た》郎《ろう》は、がっくりと肩を落として歩き出す。

母譲りの茶色い癖っ毛は整髪料で整え、切れ長の二重と形のいい鼻は父譲り。両親の整った容姿はいい感じに優太郎に遺伝した。

友人たちも「お前の見た目はいい」と言ってくれるのでそうなのかと理解していた。

真面目な告白に関して優太郎は真剣に接した。

つまり、付き合う。

しかし最後はいつも同じ。

相手に不満をつらつらと述べられて、「やっていけない」と振られる。

真面目に告白されたから真面目に付き合っていたのに、どうしてこう、「何もしない人だったなんて」と落胆されなければならないのか。

真面目の何が悪いんだ？　だめなんだ？　そもそも悪魔の血が入っているからといって、

俺になんの期待をしていたんだよ！　というか悪魔の血が入っているのに理性を保って行動できる俺って凄くないか？

いろいろ考えていたら腹が立ってきた。

母には「今日は付き合いで遅くなるから、夕食はいらない」と連絡したというのに、このまま直帰とは。

夕食が用意されてないなら食べてから帰ろうか、それともキッチンに買い置きされているカップラーメンでも食べるか。だがさっきから胃が締めつけられてキリキリと痛い。

こんなときに、食欲なんて湧いてくるはずないのだ。

それよりも、母に「何かあった？」と聞かれるのが辛い。

「疲れた……」

思わず口から言葉が零れた。

『天使と悪魔の祝福をあなたに。疲れたときはためらいなく飲み干して。スキノモト・コーポレーションのスペシャル・エナジーゼリー。アップルミント味！　ピーチティー味も試してね！』

ビルに設置された巨大なモニターに、新発売のエナジーゼリーが映し出される。

優太郎のお気に入りだったウメ味は去年生産終了した。

精気を吸えないときや小腹が空《す》いたときに食す、乳児や幼児用も揃っているエナジーゼリーは、優太郎が生まれる何十年も前から世界中で販売されている。

海外にはチョコチップ味やベーコンチーズ味、フィッシュアンドチップス味などもあるそうだが、自分で試そうとは思わない。定番が一番いい。

大体は、パウチの蓋《ふた》を開けてそのまま飲むが、アルコールに混ぜて飲んでも効果に変わりはないという。

酒を飲む気にはならないけどな……。

胃が痛いし頭も痛くなってきた。

優太郎はモニターから目を離して、のろのろと歩き出した。

今夜は食欲がないから風呂に入ってさっさと寝てしまおうと、台所に顔を出して母に「飯はいい」と言おうとしたのだが……。

「よう、お帰り。早かったな」

隣家の甘霧千《あまぎりせん》が佐々上家の食卓に馴染み、ジャージ姿で食事をしていた。

「ああ、ただいま」

赤ん坊のときからの幼なじみで、今まで数え切れないほど顔を見てきたというのに、未だに彼の美しさは新鮮だ。

曾祖父に七十二柱悪魔がいるからか、それとも遠縁に天使がいるからなのか、一挙手一投足に華がある。今も、スプーンを持った右手を動かしただけなのに、星屑《ほしくず》が舞うようにきらめいて見えた。艶《つや》やかな黒髪も、彩雲のように輝いて見える目も、私服のジャージでさえ何もかも完璧だと思う。

百八十の長身だと猫背になりがちなのに常に姿勢は正しく、見ていて惚れ惚れする。

……なんてことはおくびにも出さないが、優太郎はいつも千を「美しい存在」だと思っていた。

「仕事が終わってすぐに帰ってきたんだ……って、千、お前、なんでここで晩飯を食ってるんだ？　おじさんとおばさんは？」

「甘霧さんちは、夫婦でデートなんですって！　万年新婚さんね！　うちも負けていないけど！　ねえ、宗太郎《そうたろう》さん！……というわけで、お母さんが千ちゃんを晩ご飯に呼んだの」

千の代わりに母が陽気に答える。名前を呼ばれた寡黙《かもく》な父はわずかに頷《うなず》いただけだ。

「カレー旨いぞ。お前も食えよ」

「着替えてからな」

食欲なんてなかったはずなのに現金なものだ。

優太郎はネクタイを緩めながら、長袖Tシャツとジャージのハーフパンツに着替えるために自分の部屋に向かった。


母が料理やスイーツを作る原動力は父への愛で、今日のデザートの苺のケーキも、父の皿に載っているものが一番大きい。

だからといって優太郎と千の皿に載っているケーキが小さいというわけでなく、しっかり一・五人前の量があった。

父は寡黙だが賞賛は惜しまない人なので、母の作ったデザートに対しても目を輝かせて「とても旨い」と言った。

どんな美辞麗句よりも、父の表情と短い台詞《せりふ》だけで、母はいつも世界で一番幸せな主婦になる。

「美成実《みなみ》ちゃんと秀太郎《しゅうたろう》の分はちゃんと残してあるから、あなたたち、もっと食べていいのよ？」

笑顔の母には申し訳ないが、優太郎はもう十分だった。

千も同じ気持ちだったようで「十分いただきました」と笑顔でやんわり断る。

「ところで、その美成実と秀太郎はどこに行ったんだ？　夕飯がカレーだとわかっていれば即座に帰ってくるはず……」

姉と弟の名を出してから、「まったくあいつらは」と眉間に皺《しわ》を寄せた。

二人とも純サキュバスである母の血を濃く継いだ恋多き性格で、美成実は仕事、秀太郎は大学が終わったあとは楽しいひとときを過ごしてから帰宅するのが常だ。優太郎とは正反対の性格をしている。

優太郎の表情に気づいた母が「人生を楽しんでいるみたいよ。ＳＮＳにメッセージを送ったら、カレーは取っておいてちょうだいと言われたわ」と微笑む。

「……今更だが、優太郎は、今日は帰宅がいつもより早いな？　何かあったのか？」

突然父に質問されて、「へ？」と変な声が出た。

「あー…………」

何か適当な言い訳が見つかればよかったのだが、父にじっと見つめられては真実を語るしかない。

「その………今日は、あれだ、恋人に振られたから、帰宅がとりわけ早かっただけで」

「振られたのか……。そうか、次は頑張れ。父はお前を応援している」

父が応援してくれているのはその真顔でよくわかったが、わざわざ言う人ではなかったので首を傾げてしまう。

母はいつも通り「優太郎は格好いいんだから、気持ちを切り替えて次に進めばいいわ！絶対に大丈夫よ！」と笑顔で言ってくれたが、その笑顔が、いつもの励ましと違って引きつって見えたのが気になって、声を掛けようとするも……。

「優太郎。マンガ貸してくれ、マンガ。『エタヒロ』と『剣激《けんげき》』の最新刊を貸して」

先に千が大きな声を出して席を立った。

「おばさん、ご飯とデザートをごちそうさまでした。とても旨かったです。よし、優太郎、お前の部屋に行くぞ！」

千は礼儀正しく礼を言ってから、優太郎の左腕を摑んで引っ張った。

「自分で歩ける」

「そんなゆっくりとした動作で言われてもなあ。俺は早くマンガが読みたいんだ」

「『勝手知ったる俺の部屋』だ。先に行ってても構わないのに」

そうだとも。数ヶ月違いで生まれた千と優太郎は、物心ついたときからいつも一緒だった。

千には年の離れた兄がいて、優太郎には姉と弟がいるが、「同い年で仲のいい幼なじみ」と比べたら他人も同然の関係と言っても過言ではない。

そして今も、千と優太郎の親密さは継続している。

「お前がいなかったらそうするけど、今はいるじゃないか。部屋の主がいるのに勝手をするのは道理に合わない」

曾祖父は七十二柱悪魔だが、千はずいぶんと人間寄りの理性が強いタイプのミックスで、今の台詞に父が「よくわかっているな、千君は」と深く頷いた。

「そうか。じゃあ部屋に行くか」

連載当時から面白くて今も単行本が出るたびに買っている『エタヒロ』こと『エターナル・ヒーローズ』と、『剣激』こと『剣士《けんし》の激情《げきじょう》』は、千も揃えていたはずだが、途中で購入をやめてしまったのだろうか。

優太郎はそんなことを思いながらも、千の役に立てている自分が少し嬉しかった。

ダイニング横の廊下から二階に続く緩やかな階段を上がった突き当たりの角部屋が優太郎の部屋だ。その隣が弟・秀太郎の部屋になっている。ちなみに姉・美成実の部屋は一階の中庭寄りで、両親の寝室は裏庭寄りにある。

「……相変わらず整理整頓されてる部屋だよな」

千が感心しながら、勝手に優太郎のベッドに腰を下ろした。

「散らかっているのが嫌なんだ。マンガはそっちの本棚に入ってる」

「うん。あとで借りていくよ」

……ということは、他に何か用があるのだろうか。

十畳ほどある優太郎の部屋は、壁にセミダブルのベッド、反対側には高校三年の受験前に「いつまでも小学生の勉強机じゃなあ……」と父が買ってくれた立派なデスクと椅子がある。床の小さなテーブルと座布団は、千が小学三年生のときに「おやつを置くテーブルがないし、床には座布団が必要だ！」と真顔で言ったので、二人のお年玉を出し合って購入したものだ。

優太郎は白いテーブルが欲しかったが、千が「こっちの円《まる》いのがいい。テレビで見たちゃぶ台みたいだ」と笑ったので、その笑顔に釣られて茶色い円卓を買った。

「まずは、お前もこっちに座れ」

真顔で手招きされたので、自分もベッドに腰掛ける。

「どうかしたのか？　千」

「うん、まあ、俺が今夜佐々上家で夕食を食べていたのにはわけがあってな」

「おう」

「おばさんにSNSで呼ばれたんだ」

「母さんが？」

「そう。うちの両親が留守にするのは知っていたから、晩ご飯を食べに来いと。いくら仲がよくて家族ぐるみの付き合いがあっても、晩飯ぐらい一人で食える二十七歳の男に夕食をごちそうするか？　しかも俺だけのお誘いだったから『これは何かあるな』と思って、OKしたんだよ」

うむ、と、優太郎は小さく頷く。

「お前は付き合いがあって遅くなるって聞いてたけど、振られたとは思わなかった」

「ああ。俺の努力が足りなかったんだろうな。相手の気持ちを察することができなかったようだ」

「振られる理由はいつも通りってことか」

そう、いつも通りだ。

サキュバスの血が濃い姉と弟は、「セックスしてから付き合うか決める。精気が美味しくてもセックスの相性が悪かったら困るし」という「セーフセックス&ラブ」をモットーにしていて、それを悪いとは思わない。悪魔の血が濃い人間は、大体において性に寛大だ。そして奔放《ほんぽう》だ。

だが真面目にして堅実なる人間の父の血を濃く受け継いだ優太郎は、その「セーフセックス&ラブ」を自分に対して受け入れられない。

千を含めた友人たちの前で「セックスは結婚してからだろう！　それよりも、まずお互いの性格をよく知ってから！」と真顔で言い放った高校一年生の夏以来、ずっとそうだ。

結婚前のセックスは考えられない。

「相性が悪かったらどうすんだよ」との問いかけに「話し合って解決する」と答えたら、みんなに「頑張れ」と逆に励まされた。

付き合ってからするのは、互いの名を呼ぶこと。

それから手を繋いで、お互いのことを話しながらデートをする。

キスなんて先の先だ。

弟はキスがコミュニケーションの一歩とあっけらかんと言っているが、順序を飛ばせない優太郎には絶対に無理だ。

天使や悪魔の血を継いだ人間が世界中に満ち溢《あふ》れた、この世界。

異性をパートナーに選ぶ者は多いが、同性をパートナーにする者も少なくない世の中で、優太郎は自分の考えが古風どころか古典だと自覚している。

　しかし、こればかりはどうにもならなかった。

「悪魔の血が入っているなら、何かするだろ普通……ってことだ。できるか。何事も順序よくだな……」

「気持ちはわかるけど、精気の相性もあるじゃないか。相性の悪い精気なんて、不味《まず》いだけで吸った気にならないし」

　千の言葉に、優太郎はぐっと唇を嚙んで首を左右に振った。

「そもそも俺は、誰かの精気を吸ったことがない。それは結婚した相手とする。不味かったらそのときにどうするか決めればいい。絶対に吸わなければならないものじゃないし、今は代用食もあるんだ」

「待って。待って待って。俺の話を聞いてくれ優太郎」

「なんだ」

「サキュバス・インキュバスと、人間との間に産まれた子供はな？　三十歳になるまでに精気を吸わないと死ぬそうだ」

「あー……ＳＮＳでたまに見る『××しないと●●できない部屋』の亜種か？　そりゃ大変だな」

　はははと笑って千を見たが、千は少しも笑っていない。

「おい」

思わず突っ込みを入れるように千の肩を叩いたが、千は「嘘です」と言うどころか「おばさんに相談された」と掠《かす》れた声を出す。

「そんな馬鹿馬鹿しいことが事実でいいのか？」

「馬鹿馬鹿しいが事実だ。夢魔の本能を満たせないものは排除という仕組みらしい」

「なんだそれは」

そんな大事なことなら、もっと早く言ってくれてもよかったのに。

いや……母の血を濃く継いでいれば何も言わずとも、息をするように自然に精気の摂取ができたのだ。

「今まで吸わずに来なくても、これから精気を吸えばいいんだ。そうしろ」

「母さんからは、そんなこと一言も……第一、俺が精気を吸ったことがないなんてどうしてわかったんだ？」

「そういう印がオーラに混ざると言ってた。夢魔特有の印らしい。お前にはそれが未だにないからって、幼なじみの俺が相談を受けた」

なんてことだ。

優太郎は体の力が抜けて、ベッドからずり落ちた。

千が長く深いため息をつき、のろのろと首を左右に振った。

「おばさんに『しかもあの子、誰かと結合したことがないのよ！』と真顔で言われたときに、カレーを噴き出さずに『そうですか。人それぞれですから』と答えてやった俺を褒めろ。おじさんなんか飲んでいたお茶を噴いたぞ！」

そのときのことを思い出したのか、千は口元を右手で押さえて笑いを堪《こら》えている。

「すまない。本当に……うちの母さんがすまない」

「精気の摂取は種族によっていろいろだから、まあ、別にいいけど。お前は付き合った経験はあってもセックスはないいんだろうなって思ってたから」

なんということだ。

未だ童貞ということが、母だけでなく千にもばれているとは。何か醸《かも》し出されるものがあったんだろうかと、優太郎は床に尻をついたまま考えた。

「真顔になるなよ。そういうのは雰囲気でわかるじゃないか」

「そ、そういうものなのか……？」

「多分。まあ、さっさと済ませたヤツが凄いっていうのは、思春期のマウント取りみたいなものだから、気にする必要はないだろ。天使のミックスたちなんて『する必要ある？』って態度だし。あれはあれでムカつくけどな」

腕組みをしつつも「あはは」と笑う千は優しいなと心の中で思いながら、優太郎は「自分の頭が固いのはわかってる」と言った。

「それはもう、俺もしっかりわかってるけどな？　生死に関わってくるとなると話は別だろう？　取りあえず、さっさと恋人を作って精気を吸ってしまえ。そうすれば、三十歳を過ぎても生きていける。お前ならできるって！」

　千の晴れやかな笑顔が眩《まぶ》しい。

　優太郎はその眩しさに思わず薄目になった。

「さっさと恋人なんてできるか……。そんな『ちょうどいいところにあってよかったコンビニ』みたいな真似は無理だ。……その、恋人ならじっくり時間をかけてお互いを知っていきたいだろ。特別な関係になってからでないと吸えないと思う……。結婚してからと思っていたが、自分の命がかかっているからこその最大限の譲歩だ」

　すると千が眉間に皺を寄せて、小学生の頃、初めて予防接種をしたときと同じ顔をした。

　お前はいったい何に耐えているんだと突っ込みを入れようとしたが、彼が口を開いたので優太郎は黙る。

「特別か。そうか！　特別ならいいのか！　だったら俺が相手になってやる。生まれたときから今まで続いている付き合いだ。俺を初めての相手にすればいい！　それで上手くいけば万々歳だ。お前が死ぬことはない！　な！　簡単だろ？」

　千が「さあ、どこからでも吸ってくれ」と言わんばかりに両手を広げて目を閉じた。

「で……できるか馬鹿！　俺が『はいそうですか』って精気を吸っていい相手じゃないだろ！　勿体《もったい》ないからしまっておけ！」

口から出た言葉のおかしさにも気づかぬまま、優太郎は一気にまくし立てる。

千から精気を奪うなんて、そんなことできるわけがない。

違う！　奪いたかったけれど今までずっとできずにいた。

千は七十二柱悪魔を曾祖父に持つ美しい悪魔ミックスで、子供の頃から頭脳明晰《めいせき》で運動神経抜群の上、心優しいので人望もあった。

彼が優太郎の傍《そば》にいてくれるのは、きっと「お隣の幼なじみ」だからなのだ。そうでなければ、公正を期するあまり、時折、人間関係に軋轢《あつれき》を生じさせる自分と一緒になどいないだろう。

卑屈《ひくつ》になりたくはないが、長い間傍で見ていると「こんな凄い千がどうして俺の傍にいるのか？」と考えざるをえなかった。

その「凄いエピソード」は、ざっと思いつくだけでも五十は下らない。

語り出したら一晩中語っていられるほど、優太郎の心の引き出しに「凄い千」のエピソードのストックが詰まっている。

そんな彼の精気なんて、恐れ多くて吸えない。

きっと、一度吸ったら旨くて感動してしまい、他の誰かの精気なんて吸えなくなってしまう。断言できる。

優太郎は「だめだ」と首を左右に振って目を逸らす。

「あーのなー……」

千が困惑顔でため息をついた。

「幼なじみだからこそ、俺はお前の役に立ちたいんですけど？　だから優太郎は、俺の気持ちを素直に受け取ってくれればいい。そうだろう？　精気を吸わないまま死ぬなんて嫌だろう？」

「嫌だよ」

「だったら、ほら。さっさと済ませて、お前の両親を安心させてやろう」

「その……千は……初めて精気を吸ったのはいつの頃だ？」

「小学生の頃に、母さんの育てた薔薇《ばら》を一斉に枯《か》らして泣かれた。薔薇の精気は結構旨かった！　最初が草花だったが、思春期で人間の精気の吸い方を自然と覚えた」

よくわからないが、なんか優雅だ。

優太郎が感心している前で、「実は兄さんも昔、同じことやったそうだ」と付け足す。

「今、うちの庭を飾っているのは、父さんが魔界から取り寄せた薔薇だ。あれは、ミックスたちが精気を奪っても枯れない品種らしい」

千の家の庭は、一年を通して紫や黒や黒と赤の縞《しま》模様の薔薇が咲いていて、特に春には金色の薔薇が咲くから綺麗《きれい》だと思っていたが、まさか魔界から取り寄せた薔薇だったとは。

「今知った。だから不思議な色の薔薇が咲いていたのか」

「しかも母さんは妖精の血が濃いから、植物を育てるのが上手いときた。そりゃもう、咲き乱れて仕事にも困らない」

「なるほど」

千の母は自宅でフラワーアレンジメントの教室を開いている。優太郎の母も週一で通っていて、玄関にはいつも習いたての可愛《かわい》いリースを飾っていた。

「おい、なるほどじゃないだろ。話を逸らすな。さっさと俺の精気を吸え」

「逸らしてない。千はどうやって薔薇の精気を吸った？」

「ん？」

千が首を傾げて「気づいたときには？　かな」と昔の記憶をたぐり寄せる。

「無意識にか？」

「呼吸をするのと同じ感覚と言えばいいのかな。今はさすがに無意識に精気を吸ったりしない。そういうのはセーブできる。わざと吸うのはセックスで相手を煽《あお》るときや、盛り上がったときだ。精気は生命の根本にあるものだから、生存や生殖に紐付けられる。中学の保健体育で習っただろ？」

「それはそうだが……」

「俺は優太郎の享年が三十歳だなんて嫌だ」

「俺だって嫌だ」

「だったら、ほら」

右手を摑まれ、握手する。

子供の頃は何度もこうして、当たり前のように手を繋いでいたのに、いつからしなくなったんだろうと思いながら、そっと千の右手を握りしめた。

大きくてゴツゴツした大人の男の手だ。自分の手も同じようなものなのに、千の手というだけで特別な気がする。

「一緒に長生きしような？　優太郎」

「ああ」

千も力強く握り返してくれた。

優太郎にとって特別な相手が、ここまでしてくれたのだ。ありがたく精気をいただこう。

今この、温かくて力強い握手で精気をもらい、千と一緒に長生きをするのだ。

今年の夏は以前言っていた南の島に旅行したいな。千に彼女がいなければの話だが、今まで二人で計画した旅行は一度も中止になったことはなかったので、今回も大丈夫な気がする。

なんてことを思っていたのだが。

「……優太郎。そんな緊張しなくてもいいんだぞ？　思い切り精気を奪い取っても、俺は大丈夫だ」

「もしかして、俺に彼女がいたら申し訳ないとか思ってる？　大丈夫。この間振られたばかりだから今の俺はフリーだ。だから……」

「え？」

「千を振るヤツなんているのか！　ありえない！……ではなく！　俺は今、精気をいただきますと念じながらお前の手を握っていたんだが……？」

何がいけなかったんだろう。

右手だけだったからか？　両手を使えばいいのか？

焦《あせ》ってばかりいると手のひらに汗を掻く。

ベトベトになった手を千に握らせたくない。

「待って。いいことを考えた」

千が一旦手を離し、優太郎の前に正座をする。

「はい両手を出して」

「お、おう……」

優太郎は自分も正座をして、千に両手を差し出した。

千の指先で手のひらを撫でられてくすぐったいやら恥ずかしいやらで、顔が赤くなる。

筋張った長い指が優太郎の指に絡みつくと、尾てい骨の辺りがカッと熱くなって勃起しそうになった。

サキュバスの血を引いていると、すべての行為を性衝動に結びつけやすいと言われる。

純サキュバスである優太郎の母は「不埒《ふらち》な魔族って思われがちだけど、私たちは自分が気に入った相手、もしくは好きな相手でないと感じないものよ」と教えてくれた。

優太郎にとって千は「特別」で、気に入るどころの話ではなかった。物心ついた頃から一緒にいてくれて、いつも自分に微笑みかけてくれる千が好きでたまらないのだ。

だから、この状態はヤバい。

「こうして、手のひらを合わせて指を絡めれば……どうにかなるんじゃない？」

両手でしっかりと、俗に言う「恋人繋ぎ」をして千が微笑む。

どうにかなるのは俺の心の方だ。

優太郎は千と目が合った瞬間に顔が朱に染まった。

「優太郎、顔が赤いね」

「ちょっと、これは…………俺には、恥ずかしい、な……」

「手を繋ぐなんて子供の時以来だもんね。でもこれだけ密着すればどうにかなるんじゃないか？　吸っていいよ？」

そう言われると違う焦りで汗が出る。

千の期待に応えたいのに、何もできなくなりそうだ。

無意識にできるように……とは言わないが、「吸いたい」と思ったときに吸えるようになりたい。

頑張れ俺の体、大丈夫、吸える。千がここまでしてくれているんだ、できなくてどうする。

だが。

「千、その、申し訳ない……自分ではお前の精気が吸えているのかわからないんだ」

「そうか。じゃあ、精気を受け取るとどんな感じになるか、試してみる？」

「へ？」

千の笑顔に、優太郎は変な声を上げた。

受け取るとは何をだ……と思考が追いつく前に、指を絡めて触れ合った場所から温かな何かが優太郎の体の中に流れ込んできた。

「あ」

その「何か」が、優太郎の体に染み込んでいく。

旨くて甘くて、そして、気持ちがいい。

他人の精気だからではなく、きっと千の精気だから特別旨いのだ。

理性で必死に堪えようとするが、千が手を離さず精気を流し込んでくるので、優太郎の体はどんどん千に満たされていく。

「我慢しないで味わってくれ。俺の精気は旨い？　ちゃんと優太郎の中に入ってる？」

耳元で囁《ささや》かれて何度も頷いた。

中に入って、溶けて、染み込んでいく。

決して乱暴な行為ではないのに、優太郎の体の中は初めて体験する感覚に滅茶苦茶《めちゃくちゃ》に掻き回された。

千の精気に、かたくなな心の奥まで溶かされていく。

「く……っ、ぁあ……っ、あ、あぁっ！」

夢魔ミックスの体が激しく反応した。

優太郎は千の目の前で勃起しただけでなく、その場で果ててしまったのだ。

射精はなかなか止まらずに、ジャージのハーフパンツを汚す。それだけでなく脚の間からどろりと伝い落ちてきた。

「俺の精気に満足してくれた？　もっと欲しいならあげるよ？」

「も、いい……。俺のために、ここまでしてくれるなんて……その気持ちだけでいい」

恥ずかしさのあまり千と顔を合わせられずに、彼の肩に顔を埋めて「変なところを見せてしまった。すまない」と謝罪する。

「精気を吸うと腹が満たされるだけでなく興奮するから、こういうことも多々ある。じゃあ今度は、改めて俺の精気を吸ってくれ」

確かに、他人の精気が自分に流れ込んでくる感覚は理解できたが「やってごらん」と言われてできるのだろうか。また恥ずかしい姿を千にさらしてしまうのではないかと、優太郎は心配になった。

「俺は子供の頃からいろんな優太郎を見てきたんだから、今更恥ずかしがることはないでしょ。気にすんなって」

「お前の前で、その、あー……、勃起したり射精したりしてもか？　気持ち悪いだろうが」

「気持ち悪いもんか。優太郎にとって俺が特別なように、俺にとっても優太郎は特別なんだよ。何があってもずっと俺の傍にいてくれていつも嬉しかった」

こんな篤い友情を俺に抱いてくれていたのか、千！　ありがとう、本当にありがとう！

七十二柱悪魔を曾祖父に持った千は、七十二柱悪魔特有の特殊な力を授かっているという。それを制御するのに苦労して子供の頃はよく熱を出して寝込んでいた。

黒い炎に燃やされる幻覚の中で熱にうなされる千に、優太郎ができたのは傍で手を握りしめてやることだけだった。

いつも「千君は格好いいよね」「悪魔がひいおじいちゃんなの凄いね」と何かとちやほやしていた者たちは、見舞いに来ても「何あれ怖い。熱い」と後ずさって部屋をあとにしたが、優太郎だけは黒い炎の中に入っても無事だった。

千の両親に言わせると、「父方の人間の血のお陰かな。君の清廉潔白《せいれんけっぱく》な魂が千の炎を退けたんだ」だそうだ。

きっと千は、あのときのことも覚えていてくれている。

だから「特別な幼なじみ」として、俺を助けてくれるのだ。

でも、それでもいい。

恋人同士になれなくても、千が傍にいてくれれば生きていける。

とにかく今は、三十歳のデッドラインをクリアすべく、頑張らなければ。

「ありがとう千。じゃあ、試してみていいか?」

「うん。好きなだけ俺の精気を持ってってって」

まだ両手は握りしめたままなので、改めて「千の精気をもらう」と気持ちを込めた。

緩く絡まっていた指にぎゅっと力を込める。

だが何も起きない。

千の精気はこれっぽっちも優太郎の体に流れてこなかった。

「あれ? ちょっと待ってくれ。精気が流れてくる感覚はもう覚えた。だから……」

しかし、どれだけ願っても祈っても千の精気が優太郎の体の中に入ってこない。

「相手は千だぞ? なのにどうして精気が吸えないんだ? サキュバスやインキュバスのミックスならいとも簡単にできるだろう行為が……どうして俺にはできないんだ……」

「優太郎」

「俺は三十で死ぬしかないのか……」

「待って待って！　そんなクソ深刻な顔はやめて！　俺が精気を分けてあげれば問題ないでしょ！　あと目標を立てよう。な？　三十歳の誕生日に旅行に行くって！　俺と一緒に旅行に行こう！　家族旅行でもいい！　キャンプはどうだ？　キャンプ！」

千が提案すればするほど、優太郎は落ち込んで、ついにずるりと床に寝転がった。

「自分で精気を吸えるっていう前提で、人から精気を分けてもらうのはいいと思う。だが、一方的にもらうのはインキュバスとしてナシだ。精気を吸えてこそのサキュバス・インキュバスだから……。せっかく千が手伝ってくれたのに」

二十七歳でこんないじけ方はしたくないが、現実が厳しいので大目に見てほしい。

優太郎は床を転がって「なぜだ」と繰り返す。

「なあ」

千の優しい声に、優太郎は顔を上げる。

「あ、申し訳ない。お前を放って一人で自分の世界に入ってしまった」

「まだ、初日だ」

千がそう言って、きゅっと唇を引きしめた。

優太郎はその意味に気づいて、勢いよく体を起こす。

そうだとも、まだ初日じゃないか。

「自暴自棄《じぼうじき》になるのは早かった……！」

「そうだよ優太郎」

「千！」

優太郎はその場に正座をすると、両手をついて頭を垂れる。

「大変申し訳ないと思っている。どんなにお前が特別な幼なじみだったとしても、こんなことを頼んでいいとは思えない。だが俺は、お前に、千に頼みたいっ！　俺が無事に精気を吸えるようになるのを手伝ってくれないか？」

まだ三年近く残っている。

きっと何か解決策が見つかるはずだ。

未来を考えて嘆くよりも、今できることを実行したい。

「俺以外の誰かに頼んだらどうしようかと思った。俺が優太郎を立派なインキュバスにしてやる。いや、それくらいの心意気で手伝わせてもらう！　顔を上げてくれよ！　そんなにかしこまらないでさ！」

なんて、なんていいヤツなんだ。俺は千を好きでよかった。千と一緒に笑顔で三十歳を迎えられるように頑張るぞ！

勢いよく顔を上げて千を見たら、キラキラと輝く笑顔だったので見惚《みと》れてしまった。

見惚れただけなのに、体の奥が突然疼《うず》いて情けないことになる。

思わず両手で股間を隠したら、千が「別に隠さなくても」と笑顔のままで言った。

「俺の精気が体に残ってるからかな？　責任を取って俺がしてやろうか？」

「そんなことさせられるか！　千の手が汚れる！」

「抜くぐらい、別に」

「いや、ちょっと待て」

「服の上から擦るだけならいいよね？　服を着たままなら優太郎は恥ずかしくないよ」

「そうは言っても……」

千に触れてもらえるのは嬉しいが、恋人同士じゃないのにそんなことはさせられない。

「俺のためにそこまでしてもいいと思ってくれるのは嬉しい。その気持ちをいただく」

「…………そっか」

千はそれ以上は何も言わず、小さく頷いた。

「お前がぶっ倒れるほど精気を吸えたら、俺は夢魔ミックスとして三十歳を過ぎても生きていけるってことか……」

「どんだけ吸うんだよ」

くすくすと千が笑い、優太郎も釣られて笑った。

世界は人間と天使と悪魔、その他、妖精や妖怪などの人外のものたちで成り立っている。

彼らが初めて、「人間にも見えるように」この世に姿を現したとき、世界中の聖職者や超自然的な力を持つ者たちが、普段のしがらみや対立に目をつぶり一堂に会して話し合った。

このときの話し合いは、今の世界史の教科書に「世界祭」という名で残っている。騒ぐばかりで何も進まないことを比喩した言葉で、困難を極めた当時がうかがわれた。

普段決して見えてはならない「奇跡の存在たち」は人間を攻撃するどころか友好的で、何度も人間と話し合い、そして最終的に地に広がった。

人間を滅ぼすのではなく、人間と繋がりたかったのだという。

「奇跡の存在たち」が記した言葉は「正しき言葉の誓約書」と名付けられ、現在もレプリカが様々な国の博物館に展示されている。

天使と悪魔は、位の高い者は滅多《めった》なことでは降臨しないが、たまたま降臨した先で恋に落ち愛を育む者も少なくなかった。

世界はおおむね「奇跡の存在たち」を受け入れた。

中にはかたくなに教会の門を閉ざす聖職者や信者、超常現象を受け入れない人々もいたが、それでも、「奇跡の存在たち」との愛で生まれたミックスたちが世界中に誕生し、現在にいたる。


日本で同性婚が承認されたのは、明治中期だったはずだけどな。フィクションすげえ。

優太郎は母が夢中になって観ている時代劇をチラチラ見ながら夕食を食べ、そんなことを思い出した。

父は仕事、姉・美成実は会社が終わったあとの全身エステで帰宅が遅く、弟はさっさと夕食を食べてバイトに向かった。

「はあ……お母さんも、こんなお姫様のような着物を着てみたいなー。これを着たら宗太郎さんは喜んでくれるかしら」

テレビでは、名家の凛々《りり》しい姫が商家の娘と駆け落ちする戦闘シーンになっている。派手な着物の立ち回りは、帯や袖の模様が揺れて美しい。

「どう思う？　優太郎。子供を三人も産んでお姫様の着物を着るなんて図々しいかしら」

純サキュバスの母は常に若々しい。そして愛らしく可愛い外見だ。

老いていく人間の父に合わせて、外見はある程度年を取っているが、お姫様の着物は十分着られるだろう。セーラー服とか言い出したら反対したかもしれないが。

「いいんじゃないか？　貸衣装ならお姫様のもあると思う」

「本気で借りようかしら。優太郎、もしかしたら弟か妹が増えるかもしれないけどそれでもいい？」

子供にそんなことを聞かないでほしい。

優太郎は渋い表情で豚の角煮を口に入れた。

「ああ、宗太郎さんと結婚できて本当によかった！　私を真実の愛に目覚めさせてくれたのは宗太郎さんなのよ。愛してるわ。大好き。好きすぎて本当は仕事にもついていきたい。今日のデザートは、宗太郎さんが大好きなプリンなのよ。早く帰ってきてくれないかしら。寂しいわ……」

時代劇は、すべてを受け入れた領主が、姫と商家の娘の関係を許し、盛大な祝言を迎えていた。みな楽しそうだ。

「ねえ優太郎。私と宗一郎さんがどうやって夫婦になったか語ってあげましょうか？」

「いらない」

「どうして？　素晴らしい愛の話よ！」

「話が長いからだろ。ごちそうさまでした。俺は風呂に入って寝ます！」

両手に空《から》の食器を持って席を立ち、キッチンシンクに入れた。

「そのままでいいわよ。私が洗っておくから。………ところで優太郎」

「何？」

「あー………ええと………まあ、母親が息子のプライベートに口を挟むのはどうかと思うので、頑張れとだけ言うわ。千ちゃんにもよろしくね。ところで千ちゃんは今日は来るのかしら？」

プライベートに口を挟まないと言ったくせにデリケートな部分を千に語った母だったが、息子を心から心配しているのは、取りあえずは伝わってくる。

「今夜は来ないけど明日は来るって。明日は金曜だから、日曜まで泊まっていくんじゃないかな」

あの日から、優太郎は千に手伝ってもらいながら「どうしたら精気を吸えるか」を二人で研究していた。

毎晩というわけにはいかないが、千はできる限り協力してくれる。

時折、彼を独占していると優越感に浸ることもあった。

きっとそんなやましいことを思っているから、上手く精気が吸えないのだ。だったらいっそ、堂々といやらしいことを思えばどうにかなるかもしれない。それが夢魔の本懐ではないかと。

優太郎はそれを今度試してみようと心に決めた。

「……そう、わかったわ。じゃあ週末は庭でバーベキューにしようかしら」

「父さんが喜びそうだ」

「そうね！　宗太郎さんが喜んでくれるのが一番だわ！」

母が少女のようにはしゃぐ姿を微笑ましく思いながら、優太郎は浴室に向かった。


千は悩んでいた。

精気を吸えない夢魔が精気を吸えるようになるにはどうしたらいいのか、少しも思いつかない。

これはもしかしたら、曾祖父に連絡して知恵を拝借したほうがいいのだろうか。

「まいったなー……」

今日も本当ならさっさと帰宅して優太郎の顔を見たかった。

大きな契約が決まった祝いだからと打ち上げに参加することになり、一次会で「お先に！」と離脱できたのはいいが、途中まで取引先の人間に「甘霧君はどこに住んでるの？」「自宅？」「それとも一人暮らし？」と絡まれて大変だった。

自分の容姿がいいのはわかっているし、誰にでも気を遣って笑顔で接するから人気が出るのもわかる。だがそれは処世術だ。

七十二柱悪魔の一人を曾祖父に持ち、しかもそこそこ立派な能力まで受け継いでしまったとあれば、どれだけ周りに気を遣っても足りないくらいだ。

「……職場の連中にモテても仕方ないんだよー。なんでモテたい相手にモテないんだ俺は」

スーツのままベッドにダイブして「なんでだー」と低く呻《うめ》いた。

「素直にならないお前が悪い」

閉じたドアをすり抜けて兄の令《れい》が現れた。

千とよく似た美しい外見で普段は寡黙。それがまたミステリアスで素敵なのだと人気がある兄だが、家ではただの毒舌だ。

本人に「俺の言葉には愛がある」と言われるたびに、千はいつも複雑な心境になる。

「俺は素直ですぅー」

「優太郎は真面目なだけじゃない、お前の気持ちに鈍感だ」

令が勝手にデスクの椅子を引っ張り出して腰掛けた。

「知ってる。俺はどうしたら『幼なじみ』から脱却できるんだよー！　もーもー！」

「そもそも、お前の厚意を幼なじみだからとしか受け取っていない優太郎に問題があるのでは？」

「俺は、優太郎のあの鈍感さも愛しいと思う」

「だったら、さっさとセックスしてしまえ」

兄は涼しい顔で、モザイクで隠すしかない動作を両手で行う。

「そんなことして嫌われたらどうするんだよっ！　俺が優太郎に嫌われたら兄さんは責任が取れるのか！　俺の人生が終わるんだぞっ！」

「うるさい、千。お前のすることなら、優太郎は嫌わないだろうさ」

「でも自信がない」

「……ある程度なら大丈夫だろ？　あとは言葉巧みにそのまま押し通せ。曾祖父さんの血はなんのためにあるんだ」

曾祖父の名はダンダリオン。七十二柱中の七十一番目だが、人間にとても人気のある悪魔だ。十年に一度の降臨祭でしか会ったことがないが、口ひげの生えた背の高い、いい男だった。あれを世間では「ダンディ」と言うのだろう。

彼が人間に人気なのは、「人の心を読み、秘密を明らかにする」「愛を燃え立たせる」という能力を持っているからだ。

知らないうちに名前を使われて恋愛が成就するとして信仰の対象になっていたりもする。

七十二柱悪魔の血を継いだ人間は、大体が「怪力」「跳躍力が凄い」程度の能力があるのが普通で、悪魔本来が持っている能力までを引き継ぐ人間は希少だ。

　両親は悪魔や妖精の血を継いでいるが、ちょっと丈夫だったりガーデニングが得意だったりするくらいだ。

　兄の令は人の心は読めないが、壁に手を当てればその部屋の中の会話を聞くことができる。千の部屋に入ってきたときのように物質の通り抜けもできる。

　千は「人の心を読む力」を受け継いでいるが、今まで一度も使ったことがなかった。人間不信になりそうで怖いのだ。

「もし優太郎の心を覗いて、俺じゃない他の誰かを好きだったら立ち直れないだろ！　というか、優太郎が好きな相手が本当に優太郎に相応しいのかどうか、俺が試してやる……」

「それはやめろ」

「…………わかってますー」

「セックスをすればすべて丸く収まるのに、馬鹿な弟だ」

「そうは言うけど！　特別な幼なじみだと思っている相手に襲われたら人間不信にならないか？　優太郎は常に正しくて清らかなんだ！　だから俺の厚意から愛情が読み取れない！」

「はー……、優太郎は恋人はいたんだろ？　お前以外の恋人」

なんだこの兄は。痛いところばかり突きやがって。

千は体を起こしてベッドの上にあぐらをかいた。

「あいつは告白されたら断らない。だから恋人はできるが、信条が信条なので何もしないで振られて終わりだ。ほんとよかった。優太郎が処女の童貞で！」

思わず笑顔になると、兄が眉間に皺を寄せていた。

「うわー。俺の弟はこんなゲス顔ができたんですね。キモ」

「うるさい。俺の部屋から出て行け」

「出て行くが、優太郎とはさっさとセックスしておけ。誰かに取られてから泣いても、誰も慰めないぞ。というか俺は笑う」

兄は早くも「ははは」と笑いながら壁を抜けて千の部屋から出て行った。

「あーもー、クソだクソ！　こんなことなら」

好きだと自覚したときにさっさと告っておけばよかった。それをだ。格好つけて「優太郎の一番の親友になる方が大事だ」って決めた中学二年生の俺を殴り飛ばしたい。

……それにしても、兄の言い分は正しい。

「セックスか。そうか。セックスのとき、興奮するために互いの精気を吸ったりするもんな。俺たちがセックスをすれば優太郎も……」

だがそこで、千は再び呻いた。

「なんで俺、優太郎が好きなのに他のヤツとセックスしてたんだよ」

過去に戻れるなら、本当に好きな相手に取っておけと言えるのに。好きな相手のための童貞が恥ずかしいわけあるかよ。経験値を稼ぎたかっただけの自分なんてくそ食らえだ。俺の大馬鹿者……！

「ああ、今日は優太郎のところに行かなくて正解だった」

こんなグタグタした気持ちのまま「精気を吸う協力」なんてしたら、彼に酷いことをしてしまいそうな気がする。

「最悪だな、俺」

自分を今まで誤魔化してきたツケが、これだ。

それでも。

優太郎と恋人同士になれなくても、彼の傍でずっと生きていくことはできる。特別な幼なじみという立ち位置だけは絶対に死守するんだと決意した。

優太郎は、目を覚まして驚いた。

隣に千が寝ている。

自分のベッドの中だから、きっと千は優太郎の部屋を訪れてそのまま一緒に眠ったのだろう。子供の頃はそういうことがよくあった。

「今夜は来ないって言ってたのに、結局来たのか?」

すると千は目を開けて、「会いたくなった」と微笑む。

「子供かよ。明日の仕事は大丈夫なのか?」

「平気。それより俺は、優太郎としたいことがあるんだ」

訊《たず》ねる前に抱きしめられた。

気がつくと二人とも全裸だった。

これはおかしい。現実じゃない。そう思ったときに、千が嬉しそうに「夢だから何をしてもいいんだ」と言った。

「待ってくれ」

優太郎はミックスとはいえインキュバスだから、もしかしたら千とどうにかなりたいという願望が高じて、彼とセックスする夢を見ているのかもしれない。

だが、夢を見るとしたらそれは千の方だろう。

淫魔は夢の中に現れて、相手の精気を吸うことも多い。

「なんで、俺が夢を見てるんだ……?」

「わかんない。でも、優太郎は俺といろいろしたいだろ? 俺の精気を味わった時みたいに気持ちよくしてあげるからさ」

耳元で「そのまま感じてて」と囁かれ、股の間に千の体が入ってきて閉じられなくなった。

夢のはずなのに感覚がリアルで、互いの体の熱まで感じる。

溶けそうなほど熱くて、体の芯が疼いていく。

「俺は、こんな……千にこんなこと……させたくないんだ。だめだ、千。俺とこんなことをしちゃだめだ。千、頼むから……」

なのに千の指に触れられた場所から快感が溢れ出て、優太郎の体にまとわりつく。

「う……っ」

「素直に気持ちよくなって。ほら、こっちは素直だよ？　とろとろに濡れて俺の指を欲しがってる」

勃起した陰茎は先走りで濡れ、千の指で撫《な》でられるたびに鈴口からとろとろと溢れてくる。他人の手に直に触れられたのは初めてで、快感と羞恥が混ざり合ってどうすればいいかわからず、優太郎は目尻に涙が浮かんだ。

「だめだ、千。だめだ。そんなところを触っちゃだめだ。千は俺の特別なんだ」

「特別なだけでいいの？　俺が他の誰かと付き合って、愛してるって囁いてもいいの？　他の誰かだけに微笑んでもいいの？　セックスしてもいいの？　優太郎はさ、俺が他の誰かのものになっても平気なの？」

なんでそんな意地の悪いことを言うんだ。

「そんなの……」

嫌に決まってる。

でも、千が俺のことを好きなわけないだろ？　ずっとずっと俺の片思いなんだ。千はいいヤツだから、俺の傍にいてくれるだけだ。

「ちゃんと言って。ほら」

千の手のひらが胸を撫でさするたびに、硬くなった乳首を転がすように愛撫《あいぶ》するから、優太郎の体は徐々に柔らかくなった。

「好きだ……、俺は、千が好きなんだ……。だから、他の誰かのところになんて、行ってほしくない……っ」

「うん、いい子だ。ちゃんと言えたね」

千が耳元で「これはご褒美だよ」と囁いて、耳を舐《な》めてくれた。

耳の中にまで舌を差し込んで舐め回されると、よすぎて勝手に腰が揺れる。浅ましい恥ずかしいと思うのに、腰と一緒に揺れる陰茎を見てほしい。

「はっ、ぁあ、あっ、あ」

今度は耳をそっと噛まれて、両脚がピンと伸びた。

味わうように、千の歯が耳の軟骨を噛んでいく。少し強く噛まれるだけで伸ばした脚に力が入り、陰茎は先走りで濡れた。

「もっと俺を好きだって言って。ね？　優太郎」

「好きだ」

「うん」

「好きなんだ……千……」

俺のことを好きじゃなくてもいい。告白を受け止めてくれるだけでいいから。

独り言のような告白を繰り返し、ささやかな愛撫が嬉しくて勝手に興奮してしまう。

「可愛い」

笑いを含んだ囁きと吐息を耳に吹きかけられる。

昂ぶったままの陰茎は今にも爆《は》ぜそうに震えた。

「千、も、俺……」

「触ってもいい？　優太郎が射精するところを見たいな」

「だめだ。俺、夢魔ミックスなのに、千を気持ちよくしてやれないまま、自分だけ気持ちよくなるのは、だめだ」

「真面目だね、優太郎。でも俺は、優太郎が気持ちよくなっている顔を見たい。俺に、優太郎の全部を見せてよ」

「そんなものを見せたら、俺のことを嫌いになる」

「嫌いにならない。絶対にならないから大丈夫だ」

千の指先が、先走りで濡れた裏筋をくすぐった。時折爪で引っ掻くように下から上へと強弱を付けてくすぐられると、優太郎は堪え切れずに内股に力を入れて射精した。

インキュバスの射精は何度も続く長いもので、優太郎の下腹は自分の精液で白く濡れ、脇を伝ってとろとろと落ちていく。

「インキュバスはこんな風に射精するのか。精液が甘い香りがする。でも、まだ足りなそうだ。ここはまだパンパンに張ってる」

「インキュバスだけでなくミックスもそうなるんだと、ネットに書いてあった。感度が上がって、疼きが収まるまで射精を繰り返すと……」

「そうか。俺はサキュバス・インキュバスとセックスしたことがないから、教えてくれて嬉しい」

それで嬉しいなんて酷いと思う。

でも、こんなことをするインキュバスは優太郎が初めてだと言ってくれて嬉しい。それだけで体は興奮して、陰茎はすぐに硬く勃起する。

「浅ましいのはわかっているんだが、収まらないんだ……」

「いいよ。俺を好きだと言ってくれれば、それで許してあげる」

「千。好きだ。俺は千の……」

そこまで言って、優太郎は慌《あわ》てて口を閉ざした。

「何？　続きを言って、優太郎」

「だめだ。そんな、図々しい。俺は千の友情にかこつけて酷いことを言おうとした……っ」

夢の中だとしても、そんなことを思ってはいけない。

優太郎は首を左右に振って「俺は最低だ」と声を掠れさせる。

「優太郎が最低かどうかを決めるのは俺だろ？　続きを言って。どうしたかった？」

優しい声に胸が締めつけられる。

「俺は……」

「うん」

「千の精気が欲しいと、そう思った。自分じゃ吸えないくせに精気をくれだなんて、なんて図々しいんだろう、俺は」

一度味わった極上の精気を思い出すと喉が鳴る。

優太郎は「すまない」と何度も繰り返して、千の体から離れようとした。

けれど千に片手を摑まれて阻《はば》まれる。

「インキュバスらしいじゃないか。とてもいい。恥ずかしいことじゃない。でも俺は夢の中の千だから、優太郎に精気をあげることはできないんだ。その代わり、この夢さえ忘れるほど気持ちよくして寝かしつけてあげるよ」

「夢か」

「うん。だから好きなだけ、俺のことを好きだと言っていいよ」

「好きだよ、千」

優太郎は初めて自分から腕を伸ばし、千を抱きしめた。

夢ならなんでもできるのか。

これはきっと、インキュバスの血のなせる業なんだろう。

「俺の願望で埋め尽くされた、夢か。千、好きだ。何度でも言う」

いくら告白しても誰も困らないから、ここぞとばかりに言い続けた。

今朝は散々だった。

まさかこの年で夢精をするとは思わなかったし、処理で時間も食った。

インキュバスは精液を大量に射精するのはわかっているが、でも、夢精でまであんな量を出さなくてもいいだろう。

思い返すだけでも恥ずかしい。

どんな夢を見ていたかなんて覚えていないが、でも、きっと千の夢を見たのだ。

初めての夢精のときから今までずっと、千のことを考えたときしか夢精しないのだ。

なのに。

「おはよう、優太郎。今日は出勤時間が一緒で嬉しいよ」

玄関ドアを開けたところで、爽やかな笑顔の千と鉢合わせした。

彼の横を「おはよう」と挨拶してクールに駅に向かうのは、千の兄の令だ。彼もまた、スーツがよく似合って格好いい。

「おはよう。朝から元気だな、千」

「金曜日が嫌いな会社員はいないと思うよ！」

「ああ、そうか。金曜か」

「そうそう。だから帰りは久しぶりに待ち合わせして、一緒に帰ろう。待ち合わせはヤマダコーヒーな？　新しいフレーバーが飲みたい」

これから仕事だというのに、もう帰りの予定を立てる千がちょっと可愛くて、優太郎は「構わないぞ」と言って笑った。

「やった。あと、今夜から特訓な？　俺もいろいろ考えてきたから、二人で頑張ろう」

「わかった」

夢の影響か、なんとなく気恥ずかしくて千を見ずに頷いた。

「なんか、よそよそしくない？」

鋭《するど》いな。

さすが、七十二柱悪魔の血を引く男だ。

「よそよそしいんじゃなく、今日の昼飯をどうしようか考えていたんだ」

まさか本当のことなど言えない優太郎は、誰も傷つかない嘘をつく。

優太郎は「やっぱり社食かなー……」と呟《つぶや》いて、千に「俺と一緒に食べいこう！」と強引にランチの約束を取りつけられた。

彼らが勤めているのは大手海運商社の傘下にある総合服飾メーカー「ミッドナイトウィング社」で、千は広報部服飾広報課、優太郎は総合経理部に所属している。

就職が内定してから同じ会社だとわかって、双方の両親は「どこまでも仲良しだな」と喜んでくれた。

優太郎も、千と同じ会社に勤めることができて内心飛び上がるほど喜んだ。

現在も大した不満もなく勤め続けている。余程のことがない限り転職はしないだろう。

会社ビルの一階エントランスで「じゃあ昼飯のとき」と言って別れた。

優太郎の所属する総合経理部は男性だけで構成されていた。

ドア横のセキュリティチェックに社員カードを押し当てて、経理部のドアロックを解除して中に入る。

「おはようございます」と言って自分のデスクに向かい、すでに着席していた先輩の戸巻《とまき》ダニエルに「おはようございます、先輩」と声を掛けた。

緩いパーマと丸眼鏡のおしゃれな彼は吸血鬼と人間のミックスで、午前中より午後からの方が元気がいい。

彼は優太郎が新人のときに指導してくれた先輩でもあり、緊張して真面目どころか頑固さが目立っていた優太郎が部に慣れるまで「はい、もう少し肩の力を抜いて～」といろいろフォローをしてくれた。仕事終わりに食事に連れて行ってくれたり、千とも知り合って仲良くしてくれる、優太郎がもっとも信頼している人の一人だ。

「おはよう佐々上。今日は新人が入ってくるって話だけど聞いてる？」

「あー……そういえば昨日、メールが入ってましたね。俺が新人研修で担当した新入社員の一人だとか」

新人の所属は一ヶ月前に決定して、皆それぞれの部署で働いているが、たまに本人と部署のマッチングに失敗することもあって、そういう社員は新たな部署に異動となる。

今回の新人もその類《たぐ》いだろう。

「扱《あつか》いやすい子だといいね。去年のうちの新人は入社一ヶ月でやめちゃったから」

「ははは。安藤《あんどう》さんが『ソフトの使い方を覚えたら、仕事的には難しくないと思うんだよ』ってため息ついてましたね。部長は怒ってましたけど」

「あれだよあれ、『スマホで仕事できますか？　だと？　それでうちの仕事ができるか』って怒ってたんだよ」

今となっては笑い話だが、当時は職場に緊張した空気が流れて大変だった。

経理用の特殊な専用ソフトは確かに最初は手間取るが、部長自ら選抜した社員が、新人を三ヶ月間、宥《なだ》め励まししっかり指導するので実際は脱落する者の方が少ない。

「あれ？　広報部の部長じゃないか？　相変わらずおしゃれだな」

広報部部長はテレビのインタビューも受けるので「見栄えがいい」「おしゃれである」というのも昇進のチェック項目に入っていて、今の広報部部長は完璧だ。

無造作に髪を掻き上げたように見えて実は計算されたオールバックに、焦《こ》げ茶のスーツ。ネクタイピンとカフスボタンはシルバーカラーのお揃いで、手入れの行き届いたウイングチップの靴は艶やかに光っている。

彼の後ろには何か綺麗でキラキラした物体があった。

いやあれは人間だ。

社員たちもキラキラに気づいたようで「天使の血が入ってるのか？」と囁き合っている。

部長たちはお互いに「早く来すぎたかな。申し訳ない」「来ていただいて申し訳ない」と謝罪し合ってから、「佐々上君」と名前を呼んだ。

呼んだのは経理部部長だが、広報部部長も笑顔で手招きをする。

彼らの後ろのキラキラ光った人間が「佐々上さん！　新人教育のときはありがとうございました！　僕は是非ともあなたの下で働きたくて、部長に無理を言ってここに来たんです！」と手を振りながらアピールした。

新人教育は、各部署から数名ピックアップされた社員が行う。社員には「研修手当」が支給されるので懐《ふところ》にはありがたいが、時期的には新年度の忙しい時期に所属部署を一時抜けなければならないので辛い。過去に何度か新人教育に携わった戸巻も「痛み分けとしか言いようがない」と苦笑していたほどだ。

そして優太郎も今年の新人教育を終えて、戸巻が言っていた言葉の意味をようやく理解した。会社の理念や社員としての心構え、コミュニケーションの取り方などは「現場のリアルな声も交えて」ではなく、人事部が外部から講師を招いて語った方がいいと思った。

「あー……もしかして君は、リオン君？　だったかな？」

「はい。リオン・テス・フラワーウォールです。週二回は広報モデル部での仕事があるんですが、残りは経理部で仕事をします。よろしくお願いしますね、先輩」

「え？　………これでいいんですか？　部長。私は状況が飲み込めてないんですが」

リオンに無邪気な笑みを浮かべられて、優太郎は眩しさに一歩後ずさる。

「あ、いっけなーい。天使ミックスの特徴である後光が！　今、少し明るさを変えますね」

天井の照明かよ。

なんて心の中で思いながら、優太郎は自分の上司を見た。

「彼は、新人教育での君の教え方に感激して、絶対に一緒に仕事がしたいと言っていたんだ。あとはまあ、会社の事情というか、断れない事案なので仕方がないと諦めてくれ」

そう言われて断れるわけがない。

優太郎は「はあ、そうですか」と頷くしかなかった。


会社の断れない事案に関しては、リオンが勝手に喋《しゃべ》ってくれたのでスッキリした。

つまり、他社の社長令息であるリオンは、修業のために父親の大学の後輩が社長を務める「ミッドナイトウィング社」に入社したそうで、社内でもかなりの我《わ》が儘《まま》が通るようだ。

「どうせ仕事をするなら、いいなと思った人としたいですよね？　だからここに来ました」

複雑なソフトを使用するため、経理部の人間は昼休みの他に、一時間ごとに十五分の休憩がある。繁忙期は休憩を減らされることもあるが、今はしっかり休憩タイムで、リオンは優太郎の右隣の席に腰を下ろして菓子を食べながらあれこれと語る。

「そうか。だが俺は、我が儘を言う後輩とは一緒に働けないな」

「そんなことしません！　だってそんなことをしたら佐々上先輩の傍にいる資格がなくなってしまう。真面目に頑張ります」

まばゆい金髪の巻き毛に、カールした長いまつげ、背中に翼があればまさに天使だ。

リオンはニコニコしながら優太郎を見つめる。

「天使の血が濃いのかな。それとも精霊の血？　キラキラしてて綺麗だね」

「ありがとうございます、戸巻先輩。僕は座天使と人間のミックスなので光って見えるんだと思います」

上級天使の血か。だったらキラキラするはずだ。

天使が子を成せるのかという話は昔からあったが、こうして血を継いだ人間がいるのだから成せるのだろう。

話を聞いてから、経理部の照明がいつもより明るくなったような気がした。

「モデル部の仕事もするということは、モデルでもあるのか。撮影で遠征はしないのか？」

「そういうのは売れてから、みたいです。甘露さんは何度か海外に行ったみたいですけど」

そうだ。たしか千も、たまにモデルの仕事をしていた。

本人は「俺は広報部で、モデル部じゃないのに」と文句を言っていたが、カメラマンたってのお願いだったらしく、撮影旅行に出かけた。

あのときのお土産は、熊のグミとチョコクリームが挟まっていたウエハースだった。

「では、今日は金曜だから重要書類の入った棚や、各自行う雑務の処理について教えよう。経理ソフトの使い方は来週からだ。来週は水曜まで経理部に通ってほしい」

「はい。それは大丈夫です。よろしくお願いします！」

素直でよろしい。

優太郎は軽く頷くと、リオンを伴って書類棚に向かった。

「……で？　なんでこのメンツなのかしら？　私は千と一緒に昼食をとる予定だったの

に」

クリスティーヌ・清子《きよこ》・フルールが、ブロンドに赤いメッシュの巻き毛を揺らしながら、腕組みをした。

彼女は世界的有名モデルを大勢抱える巨大エージェントグループ、「フルール」の令嬢にして、現在は「ミッドナイトウィング社」に出向している二十六歳の才女だ。

七十二柱悪魔と座天使の血を引いた彼女は、虹彩は文字通り虹色に輝き、巻き毛の一部が羽毛になっていてふわふわと揺れている。もちろん、美しいことこの上ない。

テーマパークのレストランのように広々とした社員食堂の、一番目立たない隅のテーブルでも、彼女はいたく目立った。

「清子が勝手に食堂までくっついてきたんだろ？　俺は優太郎と食事をする予定だった」

千はむっとした顔で言い返すが、彼の隣に腰を下ろした優太郎は（俺との約束が先だが、職場の雰囲気は悪くならないか？　大丈夫か？）と内心心配する。

リオンはというと、クリスティーヌの怒りは気にならないようで、「いただきます」と言ってフルーツサラダを食べ始めた。

「美味しいですね。社員食堂には初めて入りましたが、これからはもっと使おうと思います、先輩」

「そ、そうだな。メニューは栄養バランスを考えているし、外に食べに行くよりリーズナブルだから、賢く使うといい」

そう言う優太郎は、千と同じ日替わりランチのライス大盛りだ。

ちなみに日替わりランチの中身は、白身魚のフリッター・タルタルソースと山盛り野菜サラダ、漬物、豆腐とわかめの味噌汁にライスだ。

クリスティーヌはショートパスタのサラダでドレッシングはフレンチにしている。

「もう！　私はビジネスランチをしようとしたのに、これじゃただのお昼ご飯じゃないの」

彼女はため息をついて諦め、食事を始めた。

「社員食堂でビジネスランチをするなよ。やるならどこか会議室を借りてデリバリーを頼んだ方がいい」

「広報はそういうこともできるのか。いいな、ランチデリバリー」

そのやりとりを見ていたリオンが「先輩と甘霧さんって知り合いですか？」と訊ねる。

「ああ。幼なじみというヤツだ。二人ともまさか会社まで同じだとは思わなかったか」

優太郎が答えて千が笑顔で頷く。

「そういうのを縁って言うんですよね。素敵です。いいなあ、僕の親友は今海外で研修中なんです。あとでメールを打とうっと！」

微笑ましい。

そして素直だ。

同じ座天使のミックスでも、クリスティーヌとリオンとでは、大違いだ。

クリスティーヌは闘争を好むタイプに見える。

「そんなホワホワした話をしてたら、今度のショーの盛り上げ方も忘れちゃうわ。海外に向けての配信もあるってことわかってる？　甘霧。広報部がのんびりしていたらだめなのよ。私の才能を使いなさい」

己に自信があると、こんな偉そうな人間になれるのか。

その自信を見習いたいなと、優太郎はちょっとだけ思った。

「それは午後の会議で話をしよう。俺は腹が減っているので食事をしたいんだ」

わざと完璧な笑顔を作って、千は箸《はし》を持つ。

クリスティーヌが「顔は綺麗なのよね」と文句を言いつつも褒めたので、優太郎は小さく肩を震わせて笑った。


二人きりで食事ができなかった埋め合わせは、今日の帰りに。

そう言って、千は昼食を終えた。

クリスティーヌと共に部署に戻る千を見て「しかしあの二人は美しいな」と呟くと、リオンが「僕も美しいものは好きですが、大事なのは外見じゃないと思います」と真顔で言った。

「なかなかいいことを言う」

「大事なのは中身……というのは本当です。僕もいろいろと大変でしたから」

「そうか。君も苦労したのか?」

「いえいえ。……あ、先輩、そこでコーヒーを飲みませんか? 持っていくのもいいですけど!」

リオンが指さしたのは、最近できたばかりのカフェスタンドだ。

「そうだな」

コーヒーをテイクアウトしよう。よく見るとドーナツやクッキーも置いてある。いくつか買い求めて職場に持っていけば、誰かしら食べてくれそうだ。頭脳労働をしているとなぜか甘い物が欲しくなる。

優太郎はそう思って、コーヒーと菓子をいくつか購入した。リオンのコーヒー代もついでに払ったらえらく恐縮されてしまって照れくさかった。

「ワードやエクセルじゃないのはわかっているんですけど……」

リオンが「難しいですね」と付け足してため息をつく。

雑務を終えてすることがなかったので、「経理ソフトで練習したいです」と言ったリオンに練習用の領収書を渡してみたら、天使のようなキラキラした顔が疲労困憊した老人のようになった。

「すべての部の経理を担う経理ソフトだから、多少は複雑かもしれない。だが、他のソフトを触ったことがあるならすぐに感覚は摑めるだろう。まだ初日だ。問題ない。ところで、わからないところは？」

優太郎は、プリントアウトしたリオンの作業分に目を通しながら言った。

「わからないところがわからないというか、知らない単語が多いので、一日か二日ください。そうすれば、具体的な質問ができると思います……多分」

リオンの情けない声を聞いた戸巻が、「佐々上に習っているんだから大丈夫だよ」と優しい声で励ましてくれる。

「ううう、でも僕はもっとできると思っていたんです」

「それは天使ミックスによく見られる根拠のない自信だな。でもほんと、佐々上は教え方が上手いし、わからないところはわかるまで根気よく教えてくれて嫌な顔一つしない。安心して習えばいい」

「ありがとうございます。戸巻先輩」

「俺は自分の責任を全うしているだけです。それに教え方は戸巻先輩の模倣です」

リオンが感謝している横で、優太郎は真顔で訂正した。

戸巻が「お前はそういうヤツだよ〜」と笑いながら優太郎に言い返したところで、何やら書類を持ったチーフがやってきた。

「今日のアフター、中途な時期に移動してきたフラワーウォール君のためにささやかな歓迎会を行おうと思っているんだが大丈夫か？」

天使ミックスのチーフは、自信満々の微笑みを浮かべて聞いてくる。

今どき歓迎会と言う名の飲み会をしたがる新人がいるんだろうか……と思ったことはおくびにも出さない。久しぶりの天使ミックスの新人で、チーフも嬉しいのだろうと察した。

左隣のデスクの戸巻も同じことを思ったようで、優太郎をチラリと見てから小さく頷く。

本当なら今夜から泊まり込みで精気を吸う練習をする予定で、普段の優太郎なら「すでに予定がありますので」と断っただろうが、今回はそうもいかないだろう。

歓迎されるのは自分が教えている後輩なのだ。

リオンが「嬉しいです」とはしゃいで、戸巻が「参加します」と頷いている。

「はい、出席します」

優太郎はそう言ってから、ヤマダコーヒーで新しいフレーバーを試すのを楽しみにしている千に連絡しなければと申し訳なく思った。

「みなさん金曜日できっと予定もあるのに、ありがとうございます。僕は、頑張って経理ソフトを覚えます。新人だからできないっていうのは悔しいんです！」

リオンが頬を染めて喜び、思っていたことを口にして拳《こぶし》を固く握りしめる。

これくらい素直に、思っていることを口に出せたらなー。

戸巻に「偉そうな新人だな」と突っ込みを入れられているリオンを見て、優太郎は少し羨《うらや》ましかった。


「申し訳ない」と送ったSNSメッセージに、千から「俺も用事ができちゃった」と返信があった。

待ち合わせはできないが、帰宅したら着替えて部屋に行くとのメッセージをくれたので、優太郎は酒はグラス二杯までと決意する。

そんなに強くもないので、これぐらいが妥当だ。

『夢魔ミックスって悪魔の仲間でしょ？　なのに酒が弱いの？』とからかわれるが、どの種族でも酒の強い弱いは関係ないと思う。

現に天使ミックスのリオンは、「僕飲めなくて……」という台詞を聞きたかった者たちの夢をぶち壊すほどの大酒飲みで、少しも酔わずに店員を呼んでお代わりを頼んでいる。お偉いさんの息子で中途異動だからどうなるかと思ったが、すぐに部の人々に馴染んでいる。天使ミックスのコミュニケーション能力の高さを垣間見て「凄いな」と思わず呟いた。

「何が凄いの？　俺より凄いの？　優太郎。あ、戸巻さんお久しぶりです。今度また、夜景の素敵なところを教えてください」

テーブルの隅で静かに飲んでいたはずなのに、いきなりよく知った声に話しかけられて驚く。

「千？　どうしたんだ？」

驚く優太郎を尻目に、千は戸巻と「遊園地がいいよ遊園地」「それはそれでアリかも」と話し込んでいる。

彼らは優太郎を介して知り合い、今では「穴場の夜景や廃墟」の情報を共有するほど仲良くなっている。夜景はともかく廃墟《はいきょ》ってなんだと思ったことがあったが、他人の趣味に口を挟むことをよしとしない優太郎は、何も言わずに見守っている。

「おい千。戸巻さんも幽霊の出る廃墟を熱く語らないでください。怖いから」

「ははは、ごめんごめん。俺たちもこの店で飲んでるの。クリスティーヌが『私たちはもっと親睦を深めないと。チームなんだから！』って騒いで、服飾広報課の連中を引き連れて大変」

「お前の言っていた用事はこれなのか？」

「そう。……でもまあ、優太郎と会えたからよかった。一緒に帰ろうね？」

「そうだな、隣同士だから」

当たり前のことを今更言うなんて、と笑ったら、千が「そういう意味じゃないんだけど」と唇を尖《とが》らせた。

「言いたいことがあるならハッキリ言え」

「別に。……そうそう、優太郎の後輩は可愛いね。今度、一緒に仕事をするんだよ。新作のライブ配信日がやっと決まったんだ」

「物騒なご時世だから、人が集まる場所は、セキュリティをしっかりしないとな」

唐揚げ食べようと箸で持ったら、千が「食べたい」と口を開けたので先に食べさせてやると、向かいに座っていた戸巻が「親鳥と雛《ひな》か」と笑った。

「旨い。もう一個」

優太郎は「まったく。自分で食べろよ」と言ったが、千が「俺の箸は向こうのテーブルなの」と言ったので、仕方なく唐揚げを食べさせる。

「俺、ちょっと向こうの席に行ってくるわ」と、戸巻がグラス片手に席を立った。

するとと、入れ替わりのようにその席にリオンがやってきて「年季の入った恋人同士ですね。『あーんして』が事務的です。もっと甘く優しく」とだめ出しをしてくる。

「いや、いやいや。こいつは幼なじみだ。生まれた頃から一緒だと、これくらい距離は近くなる」

なんで言い訳しているんだ俺は。千に申し訳ないだろうが……！

優太郎はウメレモンサワーの入ったグラスを摑んで一口飲むと「恋人同士じゃない」と付け足した。

「ようリオン君。経理部のみんなに歓迎してもらえてよかったね。でも来週後半はうちの仕事だから忘れないでくれよ？」

千に至ってはリオンの放った言葉を綺麗に無視している。

「わかってます。モデルの仕事はちゃんとします。経理の仕事もです。僕は佐々上先輩という素晴らしい人に出会えたのですから、やがて完璧に経理ソフトも扱えるでしょう」

リオンに後光が差した。

その眩しさに、戸巻だけでなくみな目を細める。

「もちろん、僕が出演するショーも素晴らしいショーになると確信しています」

「何を言っているの？　私が出演するからこそ、ショーは成功するのよ？　リオン」

またやっかいな人物が現れた。

クリスティーヌは左手にワインボトルを掴み、右手にワイングラスを持っている。

「みんなで親交を深めて、チーム一丸となりたいのに、こんなフロアの片隅で何をこそこそ話しているの？　甘霧君！」

天使ミックスが集まると存在の明るさでますます眩しい。

「経理もここで飲んでいると知ったから、声を掛けに来たんだよ。クリスティーヌ」

「誰もあなたの恋人を取ったりしないから安心しなさい。ほら、こっちはこっちで乾杯するわよ。チームの勝利のためよ！」

そう言いながらクリスティーヌは手酌でグラスにワインをなみなみと注ぎ、一気に飲み干した。

「そうだけど、もうよくない？　ビジネスディナーでみんな十分親睦を深めた。今は楽しい飲み会だ。チームと慣れ合いは違うでしょ」

「わかってるわよ。私は一人で寂しく飲むのが嫌なの！」

「クリスティーヌ……もしかして酔ってる？」

「ええ！　なんだかとってもふわふわするの。気持ちよくて……」

そこまで言って、クリスティーヌはよろめく。

「ああもう、仕方のないお嬢さんだな」

千が笑いながら席を立ってクリスティーヌの傍《かたわ》らに行き、彼女の持っていたグラスとボトルをテーブルに置いた。

「眠いわ……」

「寝るのは帰ってからね」

「わかっているわ。でも、ちょっと肩を貸して」

「その前に、自分たちのスペースに戻ろうね」

千はクリスティーヌの肩を優しく抱き、「お騒がせしました」と言いながらその場を離れる。

美男美女はちょっと場所を移動するだけでも華やかだ。しかもクリスティーヌは酔っていて、ほわほわと可愛い顔になっている。

テーブルのあちらこちらから「宗教画？」「何か降臨してる」「きれ〜」という声が聞こえてきた。

「相変わらず騒がしい人です」

リオンはようやく一息ついたのか、今度は「喉が渇いた」とグラスビールを注文する。

「広報はいろいろ大変だからな。特に服飾系はネットや雑誌に顔が出る。知らず知らずにストレスもたまるだろう」

優太郎はポテトフライを摘《つま》んだ。

「甘霧さんとは何度か話したことがあるだけですが、いい人だと思います。七十二柱悪魔を曾祖父に持つと噂《うわさ》で聞きましたが、それを鼻に掛けることもなかったし」

「そうだな。あいつはあいつでいろいろと大変なんだろう」

そこに席を外していた戸巻が「トマトジュースもらってきた！」と笑顔で戻ってきたので、リオンが席を一つずらして座る。

「あの……」

リオンは何度か瞬きして「お二人は、甘霧さんと佐々上先輩は、本当に恋人同士じゃないんですか？」と聞いてきた。

「そんなわけあるか」

すると、トマトジュースを飲んでいた戸巻が突然噴き出して、真向かいに座っていた優太郎がトマトジュースまみれになる。

近くにいた同僚や先輩が「戸巻！　おい！」「笑わせたの誰だよ～」と言いながら、椅子に座ったまま彼から離れていく。

「うわ！　戸巻先輩ー！　酷いですー！」

「だって佐々上が！　ちょっとお前いい加減にしろよ佐々上！」

戸巻は笑ったり怒ったりしながらも「クリーニング代は俺が持つから」と、優太郎に未使用のお手拭きを投げつけた。

なんで俺が怒られるのかわからないが、たまにわけのわからない怒り方をするよな、戸巻先輩は……。

優太郎は「ありがとうございます」と受け取って顔を拭きながら「ワイシャツにシミができるのも困るので、俺は先に帰りますね」と席を立つ。

同僚は「災難だったな、佐々上」「お疲れ」と言ってくれたので、歓迎会からの離脱はスムーズだった。

背後で戸巻が周りに事の次第を説明しているようだが、優太郎には聞こえていなかった。

「だって佐々上が、甘霧と恋人同士じゃないって言ってんの。意味わかんないでしょ？」

優太郎の帰宅から三十分ほど遅れて、千が佐々上家を訪問した。グレーのパジャマの上にカーディガンを羽織った格好で、風呂から上がってすぐに来たのか髪はまだ濡れている。きっとすぐに行かなくちゃと思ってくれたのだ。同じように「いつ千が来てもいいように」と帰宅してすぐ風呂に入った優太郎は、同じ気持ちに嬉しくなった。

しかもパジャマは、二人の母たちが「安かったからみんなの分を買ったわ」とセールで買い求めた柄違いだった。

「ごめんね！　一緒に帰ろうって言ったのに、清子をタクシーに乗せてたら遅くなった！」

「髪ぐらい乾かしてこいよ。冬じゃなくても風邪を引くぞ」

玄関扉を開けたら、千にいきなり謝罪されてしまった。

「平気だよ。優太郎こそ髪を乾かしなよ。癖っ毛なんだから。そして俺は風邪引きません。お邪魔しまーす！」

勝手知ったる佐々上家のリビングには、ピンク色の兎《うさぎ》のような可愛い部屋着を着た美成実がソファに陣取っていた。

「千ちゃんじゃーん！　久しぶり！　ほんと、会うたび美しくなっていくわね、君は。私もその美しさが欲しい～！」

「美成実さんはそれ以上綺麗になってどうするの。世界を滅ぼしちゃう？」

「ははは！　それもいいけど……私はダーリンのために生きたいから、世界は救われるわよ。今度会わせてあげるね、私のダーリン。来年は結婚の予定！」

「うわー。めでたすぎて世界が救われるの同意！」

「でしょ？」

二人で何を話しているんだ。意味がわからない……。

彼らのノリについていけない優太郎は、ぼんやりと立っているだけだ。

「そういえば、おじさんとおばさんは？」

「レイトショーに行った。きっと今夜は泊まりね。明日はバーベキューをするって言ってたけど、千ちゃん聞いてる？」

「聞いてます。親父が玄関先にバーベキューの大きな網を置いてたから。母さんは『あばらが硬いわね』って言いながら羊の肉を切ってました」

バーベキューは甘霧家と佐々上家の合同行事だ。父たちの肉の焼き加減が最高で旨すぎるので、誰も欠席しない。

「楽しみよねー！」

「はい、楽しみです。さて優太郎、行こうか」

千に右手を摑まれて、ようやく歩き出す。

美成実が「仲良くするのよー」と声を掛けるので、「俺は子供か」と言い返したら、「そういう意味で言ったんじゃない」と笑われた。

姉の言葉の意味がわからなくて首を傾げながら千に目を向けたら、千がなぜか顔を赤くしていた。

「千、どうした」

「んんー……なんでもないんだけど、うん、美成実さんには敵わないってこと」

「意味がわからない」

「多分俺にしかわからないことだから、安心していいよ」

それはそれで釈然としないものがあるが、千がいいなら、まあいいか。

優太郎は湿った髪を掻き上げて部屋のドアを開ける。

「どうすればいいかって何も思い浮かばなくてさー。優太郎はどう？」

千がベッドをソファ代わりにして、ため息をつく。

「いや、俺も……何も思い浮かばない。自力で精気を吸えてこそ一人前のインキュバスだからな。とにかく頑張るしかない。申し訳ないが、また手を繋いでくれるか？」

「いいよ」

ベッドに並んで腰を下ろし、腰をひねって向かい合う。

そして両手で「恋人繋ぎ」をした。

「何も言わずに吸っていいからね。吸われる感覚もわかるからさ」

「え？　痛いとか？　千に痛い思いなんてさせられない。だめだ。まずは草花で練習する。たしか枯れるんだよな？」

慌てて手を離そうとしたのに「だめ」と言われて強く握りしめられた。

「ふざけるなよ千。俺は……っ」

「だから、俺の話を最後までちゃんと聞こうね、優太郎。吸うのも吸われるのも気持ちいいの。そうでなかったら、まず夢魔は退治されていた」

「……はっ！　母さんが殺されていたかもということか」

「うんそう。すべてのミックスたちはみんな無意識のうちにやってる」

「そ、そうなのか……」

生粋の人間はこの世に存在しない。

あの真面目な父も先祖に精霊がいる。

「……手を繋げればどうにかなると思っていたがだめだった。相手が千でもだめだった。つまり、無意識に吸精できない俺には、吸精のきっかけが必要だ。そうだろう」

「うん。そこにたどり着くんだけどね。でもさ、考えてみたきっかけが優太郎に申し訳なくて……」

「なんだ？　言ってみろ！　俺のために頑張ってくれているお前の提案なら、なんでもしたい！」

そうだとも。

きっかけがなんであれ、結果オーライだ。俺は三十歳を享年にしたくない。千の親友としてずっと生き続けるんだ。

「うん。提案その一」

「おう」

「キスしてみよう」

「え？」

「俺とキスしてくれませんか？」

「そんないやらしいことをしていいのか？」

あれは舌を絡めて唾液を交換する行為だ。パートナー以外としていいことではない。しかも千は七十二柱悪魔を曾祖父に持つ男。俺にそんな大それたことをしろと……？」

手はしっかりと繋がれているが、とにかくできる限り腕を伸ばして距離を保つ。

千とキスをしたら、千の黒歴史になってしまうかもしれない。

これは夢じゃない。夢の中じゃない。千を抱きしめて持ちよくなるのは、夢の中だけだ。

「優太郎、待って。遠いんですけど。ねえ」

「遠くていい。そんな！　いやらしいこと無理！　思っても実行に移しちゃいけないことだ！」

「なんでもするって言ったのにっ！　優太郎が三十歳で死んだら、俺は特別な幼なじみを無くすんだぞ？　可哀相だろ？」

「それは……確かに、千が可哀相《かわいそう》だ……」

「だろ？　俺が可哀相だと思うなら、俺の提案を試してくれよ！」

「……………それは、そう、だな。千は協力してくれているんだから、俺が拒むのはおかしいな」

手のひら以外で千に触れることができるなんて。

せめて、俺への協力が千の汚点になりませんように。

そう願いながら距離を縮める。

「俺は初めてなので、やり方が下手だったら言ってくれ。努力する」

「う……っ！」

千が物凄い勢いで絡めていた手を離して両手で口元を押さえ、そのまま向こう側に倒れてゴロゴロと転がった。

「やっぱり嫌だよな？　俺とキスするなんて……。すまない」

「ち、違う……違うんだ………言葉の威力に……俺のハートが……」

「え？　言霊《ことだま》は大事だと祖父に聞いたことがあるが……」

「いやもう、なんというか……真面目ってエロいね」

千が体を起こしてこっちを向いた。

やけにすがすがしい笑みを浮かべているが、言っていることは意味不明だ。

「さてと。俺も頑張っちゃうね。優太郎に精気を吸われるってこういうことだよって教えたいし」

「改めて、よろしく頼む」

「はーい。頼まれます」

再び両手を合わせ、指を絡めた。

問題はここからだ。

「俺は、目を閉じていた方がいいか？　それとも、このまま開いていた方がいい？　千のやりやすい方法で頼む」

「閉じて！　あと口は少し開いていた方がいいな」

「目は閉じるのに？」

「目は閉じるのに！」

子供みたいな言い方が面白くて小さく笑う。

目を閉じたままで何も見えないが、空気がふわりと動き、千の顔が近づいたのがわかる。使っているシャンプーの柑橘系の匂いがした。

いい匂いだなと思っていたら、湿って柔らかいものが唇に触れた。それが千の唇だと気づいた途端に体が熱くなる。

きっと顔も赤い。

何も期待なんかしていない。してはいけない相手だ。なのに体が勝手に反応する。

千は何も話さずに、再び唇に触れた。今度は長い。唇の輪郭をなぞるように舐められただけで、息が上がった。

目をきつく閉じたまま、唇に千の舌を感じる。喉がごくりと鳴って体の熱が上がる。尾てい骨の辺りがムズムズともどかしくなった。

このままでは勃起してしまうと思ったとき、深く口づけられた。合わさった唇の間から生温かな千の舌が入ってくる。

何が正解なのかわからないまま、自分の舌が千の舌に触れないように逃げていたが、彼の方が一枚上手で搦《から》め捕《と》られて吸われてしまう。

「ン、ぅ、う……っ」

キスを頭でしか理解していない優太郎にとって、千の行為は激しすぎる。舌を吸われて口腔《こうこう》を嬲《なぶ》られて、優太郎の陰茎はたちまち勃起した。

それだけでなく、頭の先から足の指の先、指の間までをぬるぬると細い触手で撫でさすられているような幻覚に襲われて、体が震えた。

よすぎて体に力が入らず、ベッドに寝転がってしまう。

その間も、千の唇と両手は優太郎から決して離れない。

仰向けに寝て、両手はベッドに押さえつけるように握りしめられている。

千が時折口を開けてくれるので窒息することはないが、それでも呼吸が苦しい。けれど、その苦しささえすぐに快感に変わった。

細く繊細な触手は幻覚と言うにはあまりにもリアルで、優太郎はその動きに夢中になる。

耳の後ろや首筋、背筋を何度も逆撫でられ、後孔の中にまで入り込んだ。腹の中を掻き回すように感じる部分を探られて、責め立てられる。

「も、だめだ……っ」

優太郎は首を左右に振って千のキスから逃れて声を震わせた。

「あっ、あぁあああっ！　腹の中まで……こんな気持ちよくなるなんて……っ！　千、だめだ、こんな、俺……っ」

「優太郎も、俺の精気を吸ってみて。俺を気持ちよくさせてくれよ」

優しい囁きとは裏腹に、体中に触手の幻覚がまとわりついて激しく甘く責め立てられる。

パジャマの中で勃起した陰茎が恥ずかしいほど先走りを溢れさせて、腰をよじるたびにぐちゅぐちゅと音を立てて優太郎の耳を嬲《なぶ》った。

「あっ……っ、千、俺も、千を気持ちよくして、やりたい……っ」

ぎゅっ、と千の手を強く握りしめて、心の底からそう思った。

大好きな千。俺が気持ちよくしてやりたい。俺にできることを全部してやりたい。

すると千が、「う」と低い声で喘《あえ》いだ。

千が感じている声だと思った。次の瞬間、信じられないほどの快感が優太郎の背筋を貫いた。声も出せない。

ひくひくと体が痙攣《けいれん》し、射精で溢れた精液はパジャマどころかベッドまでも濡らす。

自分の身に何が起きたのかわからず、胸の中がいっぱいになって涙が溢れた。

「……ごめん。優太郎の精気が美味しくて、思わずいっぱい吸っちゃった。俺の精気を流し込もうか？」

そんなことをされたら、気持ちよすぎておかしくなってしまう。

優太郎は必死の思いで首を左右に動かし、それきり、眠ってしまった。

次に目を覚ましたのは、バーベキューのいい匂いを嗅いだときだ。

「まさかお前が連絡を寄越すとはな！　どうした？　何があった？　立派な角でも生えてきたか？」

曾祖父に電話で用件を話そうとしたら「久しぶりだから顔を見せに来い」と言われ、千は「携帯魔方陣（税抜き二万九千八百円）」を使用して曾祖父である七十二柱悪魔のダンダリオンの邸宅を訪れた。

携帯魔方陣は悪魔の血縁であれば、スマホのキャリア決済で簡単に購入できる。が、地味に高価なので積極的に購入したくない。

悪魔ごとに設定されている場所は違うようだが、曾祖父が設定していた場所は自宅の応接室だった。テレビで見る「海外の邸宅訪問」に出てくる貴族の邸宅にどこか似ている。

「曾祖父さんに招待されたんだから、この場合の支払いは曾祖父さんじゃないのかよ」

きらびやかな装飾品に囲まれた応接室のソファにふんぞり返って、悪態もつきたくなる。

「いらっしゃいませ、千様」

小さなコウモリ羽と鞭《むち》のようにしなやかな尻尾を持つメイドが、ワゴンにお茶と菓子を載せて現れた。

純サキュバスのメイドは「旦那様はもうすぐお越しです」と言って千に顔を近づける。

「そうか。ありがとう」

「旦那様が来るまでの間、ご奉仕いたしましょうか？」

「ん？　それって……」

「わたくし、旦那様の血が濃い御子孫の精で、この身を満たしたいと思っております。いかがですか？　純サキュバスの技巧を味わってみませんか？　極上の、蕩《とろ》けるひとときをお届けできると思います」

確かに魅力的なスタイルと顔だが、千は笑顔で「ありがとう。気持ちだけいただくよ」と言った。心の中は優太郎で満たされており、些細《ささい》な隙間も存在しない。

「そうでございましたか。では失礼いたします」

メイドは執拗《しつよう》に迫ったりせず、一礼して応接室から出て行った。ただ、彼女の尻尾が神経質に何度か振られていたので、もしかしたら気分を害したかもしれない。

「うちのサキュバスたちの技巧は最高だぞ？　それともインキュバスがよかったか？　どちらにせよ、勿体ない」

誰も座っていなかったはずの向かいのソファに、スーツ姿の男が腰を下ろしている。黒い巻き毛に高い鼻。美しい容姿に不似合いな立派な角と真紅の瞳を持った曾祖父ダンダリオンが、千をじっと見つめていた。

彼は七十二柱の中では下位に属しているが、「人間が勝手につけた順位だ。アモンなど『俺の人気はどこから来てるんだ？』と首を傾げていた」と鼻で笑い飛ばしてまったく気にしていない。なのに人間界に初めて姿を現したときにはただ一人、口ひげの美中年の姿で現れて世界中の美形好きの人間が大歓声を上げたという伝説がある。本人は「顕現《けんげん》前のリサーチは大事だろう」とのことだが、そのときの外見で、人間に人気のある悪魔の地位を確立した。

「曾祖父さん……やけに若返ってないか？　ひげと皺はどうした」

「いつも同じ容姿ではつまらんだろうと思ってのことだ。若すぎたか？」

優雅に腕組みをする曾祖父に、千は「うんまあ、でもそのままでいいよ」と頷いた。

「で？　意中の相手とはセックスできたのか？」

「は？」

まだ何も言ってないのに、どうして曾祖父さんが知っているんだ？

千は眉間に皺を寄せ、動揺を隠そうとメイドが入れてくれた紅茶を飲む。

そして思い出した。彼に「心の中を読む」という能力があることを。

「そうそう。この間、令から電話があった。そのときにお前のことをよろしく頼むと言われたのだ。弟思いのいい兄ではないか。……で？　意中の相手とセックスできたのか？」

「できてたらここに来てないと思うんですけど……っ！」

曾祖父の笑顔と兄の得意顔が被った。

「親友認定から、どうやったら恋人に持っていけるのかと。いや違う！　今日相談したいのは、どうすれば他人から精気を吸えるかということで……」

すると曾祖父は首を傾げて「お前がか？」と訊ねる。

千は「まさか！」と首を左右に振った。

「……吸精できないのは、その、俺の思い人で……」

「ならばセックスしながら教えてやればいいのでは？　相手はサキュバスと人間のミックスなのだろう？　コツを掴めばすぐに吸精できよう」

「セックスできないから聞いてるんだ！　あいつにとって俺は永遠の親友なんだ。そんな特別感はいらないのに……！　でも俺は親友の枠を越えられない。優太郎に嫌われたら死ぬ」

千は体の力を抜いてソファに身を任せる。

「お前は俺の血を濃く受け継いでいるのだから、それぐらいどうにでもできるだろうに。死んだら生き返ればいい」

「そういう問題じゃない。精神の死の話だ。だからこそ、優太郎に告白して嫌われるくらいなら一生親友の位置にいようと決めた。親友ポジションはいろいろとオールマイティだ」

曾祖父が微妙な表情を浮かべて「心を読めば一発だろうに」と言った。

確かにその通りだ。

だが、だがしかし。

「優太郎の心の中を勝手に覗くなんて！　いや、覗いていいと言われたとしても！　俺はそんなことはできないっ！」

「お前……ずいぶんと面倒くさい男に育ったな。なりふり構わないほど愛しているなら、惚れ薬でも使うか？　すぐに用意できるぞ、千」

「アイテムを使って優太郎の気持ちを俺に向けさせるのは嫌だ」

「本当に面倒くさい」

「悪かったな、あんたのひ孫だよっ！」

叫んだ瞬間に、華美な装飾が施されたテーブルが真っ二つに割れた。

千は謝罪しようと口を開いたが、曾祖父が右手を軽く挙げて彼を黙らせる。

「そろそろ新しいものが欲しかったので構わん。……いろいろと迷っている可愛いひ孫に、一ついいことを教えてやろう。お前は俺の血が濃い。サキュバス・インキュバスほどではないにしろ、上手く操ることができるだろう」

「……何？」

優太郎との愛を成就させるアイテムでもくれるのだろうか？

首を傾げる千に、曾祖父は晴れやかな笑顔で「夢だよ」と言った。

「夢を……操作する、とか？」

「そうだ。他者の夢に入り込んでな。そこで、忘れられない夢を見せて、現実でもお前を意識させるよう仕向ければいい。夢の中であってもお前であることは変わらないんだ。むしろ、理性で固められた現実でない分、いろいろと上手くいくと思うが？　心を覗くよりもソフトなやり方だ」

「……そうかもしれないが、人の夢に入ったことなんてない」

「だがお前は俺の血が濃いひ孫だ。造作もないだろう。やり方などすぐに覚える」

「優太郎の夢に入って……俺の思いを伝えるのか。相手は夢魔ミックスだけど大丈夫かな」

確かにそれなら「心の中を覗き込む」ことではないし、アイテムを使うわけでもない。己の力で相手の深層心理に働きかけるだけだ。

しかし夢の中は夢魔のホーム。アウェイの自分が成功するのだろうか。

千は「試したい」と「無理では」の間を行ったり来たりして低く呻いた。

「俺のひ孫なのに、人間的に悩みすぎ。もっとこう……おおらかになれ」

「それは無理だ。でも……」

アウェイの自分が夢をコントロールできるなら、もしかしたら。

目を閉じてシミュレーションをする。もしものことを考えて、プランBどころかプランHぐらいまで考える。

「そうだな。行動を起こす価値はある。親友のままでいいはずなんてないんだ。俺は優太郎が誰かと結婚して、友人代表のスピーチなんてしたくないし、『子供の名付け親になってくれ』なんて言われたくない……っ！」

「面倒くさいというか、こじらせているな、お前」

「その自覚はある。よし、俺は優太郎と恋人同士になりたい。そして盛大な結婚式を挙げて、全人類の前で生涯幸せにすると誓ってそれを実行するんだ」

千は自分に言い聞かせると、体に力を入れて背筋を伸ばし、曾祖父に「よろしくお願いいたします！」と言って頭を下げた。

メイドが「新しいお飲み物をお持ちしました」と言って再び部屋にやってくる。

今度のメイドは和服を着て清楚な雰囲気を醸し出しているが、千は目もくれない。

「お前たち、俺のひ孫は情熱的でただ一人の相手しか見ておらん。誘惑などするだけ無駄だ」

そう言って笑う曾祖父に、千は何度も頷いてみせた。

『夢の中に入りたい相手が身につけているものを一つ用意する。それが難しい場合は触れた物でも構わない。それを自分の枕の下に置いて寝る』

少女の恋のおまじないかよ。

……と、思っていたことは心に秘めて、千は優太郎のジャージを枕の下に敷く。

お互いの家を行き来する仲だと着替えも置いてある。しかもこれは、優太郎が「洗濯してくる」と言ったものの持って帰るのを忘れた物だ。

彼の脚を包み汗を吸ったジャージならば成功するはずだと、千は真顔でベッドに横たわってリモコンで部屋の明かりを消す。

『夢の中で主導権は渡すなよ？　夢は本能の世界でいろいろとしたい放題だろうが、相手は夢魔ミックスだからそこは慎重にな？　ヘタをすると相手の夢に取り込まれる。そうしたら夢の中の住人に成り果てる。元に戻せなくはないが骨が折れる。曾祖父のことを思うなら成功してくれ。いろいろ面倒くさいひ孫よ』

わかっているとも曾祖父さんっ！

暗闇の中、優太郎のことを想いながら目を閉じる。

『……現実に影響を与える。この場合はお前を恋愛対象として意識させることだが、夢の中の出来事はあくまで夢の中ということを忘れるな。現実と混同するなよ？』

夢の中で告白してイチャイチャしてセックスして、それをなぞるように現実で追体験だ。

つまり、夢とリアルで二度美味しいってことだろう？

優太郎の夢に入れる自信はあった。根拠なんてどこにもないが、できると思い込むことが大事なのだ。

とにかく、優太郎のことだけを考える。

初顔合わせのときはさすがに覚えていないが、初めてのプールや初めての海、初めて幼稚園に行ったときのことを思い出しながら「優太郎は本当に可愛かった」と心のアルバムをめくっては感動した。

初めてはいつも一緒だった。

それがバラバラになったのは思春期の頃だ。妙に意識をしてしまったせいで、思春期の「後悔するとわかっているのにしてしまう無駄な行動」をしたからだ。

背伸びして大人ぶって「優太郎に恋人ができたら、親友の俺に真っ先に報告してくれよな？」なんて格好つけて笑うなんて馬鹿なことをしたせいで、まさか十年以上も苦しむことになるとは思わなかった。

素直が一番だと思ったときには、すでに不動の親友の座にいた。

だからこそ、今、優太郎の夢に入ってアクションを起こす。今度は間違えない。最初から素直全開でいく。

ゆっくりと深呼吸を繰り返していくうちに眠くなってきた。

いい兆しだ。

そのままゆっくりと体が眠気に包まれていく。

そして千は、優太郎の夢に侵入することに成功した。


部屋の匂いが変わったことに気づいて目を開けたら、自分を見ている優太郎と目が合った。

「眠っている千は……まるで眠れる森の美女みたいに綺麗だ……。見ていて飽きない。このまま時間が止まればいいのに」

うっとりと呟く優太郎に、いつもの生真面目な雰囲気はまったくない。

すがすがしい青空にはパステルカラーの雲がふわふわと浮き、自分が寝ているベッドはピンクのギンガムチェックの羽毛布団だ。ベッドの周りには花が咲き乱れ、木々には小鳥が止まっている。

千も優太郎も全裸で、この空間ではとてもシュールだ。

「メルヘン……」

「そうだな。こういう可愛い世界も好きだ。千の次に好きだ」

あ、これは夢だ。現実の優太郎はこういう言い回しは絶対にしない。

千は微笑みながら「それって告白？」と訊ねる。

「千に告白してもいいのか？　俺みたいな生真面目なヤツじゃ、付き合っても面白くないだろう？　千に迷惑を掛けるわけにはいかない」

「迷惑なもんか。ここではみんな素直になっていい。自分の本能のままに生きよう」

何せ全裸だし。

千は体を起こして優太郎の肩を両手で摑み「好きだ」と言った。

「罰ゲーム……？」

「なんでそうなる！」

「俺が勝手に好きだと言うのはいいんだ。でも千が俺に告白してくれるなんて……ありえないだろ！」

「何言ってんだ！　優太郎は俺が好きだろ？　俺も優太郎が好きだ。つまり俺たちは恋人同士だ！　素晴らしいことじゃないか！」

するると優太郎が顔を真っ赤にして「そうか！」と乗ってくる。

「千と恋人になっていいのか」

「そうだよ。俺も優太郎のことをずっと好きでいる。いや、愛してる……！」

「愛なんて恥ずかしいこと言うなよ……嬉しくてどうにかなりそうだ。……俺は千が好きすぎて、千の幸せを願うようになってた。恋人になれなくても千が幸せならそれでいいと思ってたんだ」

なんて健気なことを言うんだろう。

千の心に優太郎の言葉が染みていく。生真面目な彼からは想像もできないほど、ふわふわと甘く優しい思いに包まれる。

「俺は優太郎と一緒にいないと幸せになれないんだから、俺の幸福を願うなら俺の恋人になって。好きだ。愛してるよ優太郎。ずっとずっと昔から」

「夢なのに……これは夢なのに、千が俺を好きだと言ってくれた。嬉しい。はっ、これは俺に都合のいい夢？　俺は夢魔と人間のミックスだから、夢を操ることもできそうだ」

「やったことあるの？」

「一度もない。そんなことができたら……俺は千の夢に忍び込んで、夢の中だけでも恋人になっていたよ」

優太郎が泣きそうな顔で笑い、「俺はつくづくだめなミックスだ」と言った。

同じようなことを思っていたのか。俺たちは相性がいいな。

「俺は、夢の中の恋人だけじゃ嫌だ。現実の優太郎も欲しい。優太郎は俺に愛されているんだから、俺に対する恋愛自己評価をもう少し高くしてくれよ」

「好きだと告白する勇気が、まずない。自分でも頭が固いのはわかってる」

「素直になれば精気も簡単に吸えるようになる気がするんだけど……？」

　すると優太郎は「だったらいいんだが」と声のトーンを落として項垂《うなだ》れる。

「大丈夫。俺がいる。何があっても俺が必ず、優太郎が精気を吸えるよう手助けする。だからさ……」

「ん？」

「セックスの快感を覚えよう。吸精はセックスの快感に似てるから感覚を掴める」

「……俺、前にも夢で千とセックスしたような気がする。うろ覚えなんだけど」

「俺はそのときのことは知らないけど、つまり、優太郎はいつでもどこでも、愛してる俺とセックスがしたくてたまらないってことで合ってる？」

　両手で掴んでいる優太郎の肩が、熱くなったような気がする。

　彼は顔を真っ赤にしてそっぽを向き、「したい。千とセックスしたい。吸精できずに死ぬことになるなら、それこそ記念のセックスは大事だと思う！」と早口で言った。

　あの、「セックスは結婚相手と」と言っていた優太郎が。

　感動しすぎて鼻血が出そうになる。

「じゃあ、先に進んでもいい？　ちょうど全裸だし」

　告白して即セックスなんてリアルでやったら引かれるが、夢の中なので主導権を握るべく大胆に提案する。

「だめか？　優太郎」

　声が上ずって余裕はなく、格好悪いことこの上ないが、今の千は、優太郎にならどんな姿もさらけ出せる。

「よろしく頼む。勝手がわからないので千に任せてしまうのが申し訳ない」

「是非とも任せて」

「夢の中だけでも、千とセックスできるなんて嬉しい」

「何言ってんの？　俺はリアルでも優太郎とセックスするよ？　吸精の手伝いをしながらセックスするよ？　だから、俺としたこと全部覚えていてね？　夢だけど忘れないで」

「努力する……」

　優太郎の肩を摑んでいた手に力を入れて、そのまま彼をベッドの上に仰向けにした。

　いつも余裕の笑顔を浮かべている千の手が微かに震えていて、彼が緊張しているのだとわかった。

　優太郎は、「千でも緊張するのか」「夢の中でも緊張するのか」などと思いながら、恋人になったばかりの千を見上げる。

告白してくれて嬉しかった。

「千……っ」

夢の中だとわかってる。でも、目が覚めても頑張って覚えていよう。

絶対に忘れるものかと心に誓い、覆い被さってくる千の背に腕を回した。

「優太郎」

耳元にそっと囁かれるだけで、体が熱く蕩けそうだ。

この感覚が夢だなんて信じられない。

夢ならいっそ、醒めなければいいのにと思ったら、綺麗な青空だった空が一気に暗くなる。

「何か怖いこと考えた？　だめだよ。今は俺のことだけ考えて」

「いや、でも」

「キスしながら精気を吸えるか試そう？」

そう言いながら千の唇が近づいてきたら、優太郎は拒むことはできない。

柔らかな唇と温かな舌で口腔を掻き回されると、たまらず自分もやり返す。こんなこと、夢だからできるのだ。

「は、ふ……っ」

「俺の唇を味わってないで、ちゃんと精気を吸って？」

「あ………っ、すまない。頑張ってみる」

今度は慎重に唇を合わせて、心の中で「精気を吸うぞ」と気合いを入れるが、優太郎の口の中には千の精気の気配がどこにも存在しない。

「だめか。だったらもう少し気持ちのいいことをしてみようか？　そうしたら、よりリラックスして精気を吸えるかも」

「頼む。……俺は、千がしてくれることはなんでも嬉しいから、千の好きにしてくれ」

自分は何もしない方がいいと思ってのことだったが、千がいきなり真顔になったので驚いた。

「そんなこと言われたら、酷いことをしちゃうよ俺」

「俺は大丈夫というか………その、千が相手だから……何をされても嬉しい……なんてことを言ったら気色悪いよな？　すまない。今の台詞は聞かなかったことにしてくれ」

せっかくいい雰囲気だったのだ。夢の中だとはいえ千に引かれたくない。

「いや、むしろ俺は……凄く嬉しくて……すでに臨戦態勢に。入れていい？　早く一つになりたい」

「いきなり入るのか？」

「夢だし。合体して、俺たちは恋人同士だってことを再確認しよう？」

唐突だとしても、キラキラと輝く笑顔でお願いされて断れる人間がいるか？

POSTCARD

STAMP HERE

1 0 1 - 8 4 0 5

東京都千代田区
神田三崎町2-18-11

二見書房
シャレード文庫愛読者 係

通販ご希望の方は、書籍リストをお送りしますのでお手数をおかけしてしまい恐縮ではございますが、**03-3515-2311までお電話くださいませ。**

<ご住所> □□□-□□□□

<お名前> 様

＊誤送を防止するためアパート・マンション名は詳しくご記入ください。
＊これより下は発送の際には使用しません。

TEL	職業／学年
年齢　　　代	お買い上げ書店

Charade愛読者アンケート

この本を何でお知りになりましたか？

1. 店頭　2. WEB（　　　　　）　3. その他（　　　　　　　　　）

この本をお買い上げになった理由を教えてください（複数回答可）。

1. 作家が好きだから（小説家・イラストレーター・漫画家）
2. カバーが気に入ったから　3. 内容紹介を見て
4. その他（　　　　　　　　　　　　　　　　）

読みたいジャンルやカップリングはありますか？

最近読んで面白かったBL作品と作家名、その理由を教えてください（他社作品可）。

お読みいただいたご感想、またはご意見、ご要望をお聞かせください。

作品タイトル：

ご協力ありがとうございました。

お送りいただいたご感想がメルマガに掲載となった場合、オリジナルグッズをプレゼントいたします。

優太郎は何度も頷いてから「わかった」と小さな声で了解した。

「ただ、このままな？　初めてだから俺は千の顔が見たい……」

「いくらでも見て」

腰を持ち上げられてあっけなく挿入できたのは、夢の中だからだ。苦痛どころか快感で体が震える。

夢の中なのに。

いや夢の中だからこそ、苦痛はない。

「千……っ」

「優太郎の中、温かくて、気持ちいい」

「千が熱くて……早く動いてほしい。二人でいっぱい気持ちよくなりたい」

「愛してる、優太郎」

「俺も。俺も……千を愛してる。ずっと一緒にいたい」

吸精するように千の首筋に嚙みつく。強く吸い上げると彼の首筋に赤い花が咲いた。

「俺がつけた痕《あと》だ」

「いいよ。そのまま、吸精できるように練習して」

千が小さく笑って体を動かし始めた。

少し動いただけなのに体の中が幸福と快感で満たされていく。

たまらなく気持ちがよくて、涙が勝手に溢れる。

「千」と何度も名前を呼ぶように彼の首を噛み、そのたびに千が笑う。

挿入だけで果てしない快感を覚えるのは、優太郎は初めてのセックスだからだ。リアルで知らないから、こうありたいという願望が反映される。

ふわふわと気持ちよくて、胸の奥がキュッと切なくなって、この瞬間が一生終わらなければいいと思った。


今朝は寝覚めがとてもよかった。

ずいぶん幸福な夢を見た気がするが、目が覚めた途端に忘れてしまった。

「……悔しいな」

身支度を整えながら、思わず独り言が出る。

今夜、もしまた夢の続きが見られるならば、今度こそしっかり覚えていようと思った。

そういえば「夢日記」というものがあったな。

そんなことを思って食事を済ませ、家を出たところで、いつものように千が「おはよう」と声を掛けてくる。

「おはよう千」

いつもの「おはよう」のはずだ。

なのに優太郎は、千の顔を見た途端に顔が真っ赤になった。

「どうしたの？」

「いや、なんだ？　何が起きた？　なんか……顔が熱い」

「うん。だって顔が赤いもん。もしかして俺に見惚れたとか？　ははは」

いつもの千の冗談が冗談に聞こえない。

そうだよと言ってしまいそうになる自分がいる。

馬鹿だな。そんなことを言ったら、千が困るじゃないか。

「……おそらく夢のせいだ。千が夢の中で馬鹿なことをしたのを思い出したから」

口から出任せを言うと少し気が楽になる。

内容など覚えていないくせに、千がそこにいたことはわかる。不思議だが、奇妙な自信があった。

「夢？　どんな夢か覚えてないの？　教えてよ」

「真顔でどうした」

いつもなら「へえ、面白そう」とあくび混じりに言って終わりなのに、今朝の千は変に食いついてくる。

「え？　あー……いや、夢って勉強すると面白そうじゃないか。深層心理とか？　夢診断とかあるしね」

千が夢診断など始めたら、我も我もと客が押し寄せて、あげくの果てに「悪魔ミックスの王子」などとわけのわからない肩書きが付きそうだ。

「そうか。……今度はちゃんと覚えておくよ。千に話せるような面白い夢ならいいんだが」

「楽しみにしてる」

二人は頷きながら、最寄り駅までのんびり歩いた。


「千が相手なら、さっさと精気を吸えると思っていたのにね」

週末は泊まりが多い姉・美成実が、珍しく家にいると思ったらこれだ。彼女の大きなため息は優太郎を責めているように聞こえた。

「妙に意識するから、逆に吸えないいんじゃないか？　俺は優太郎の葬式をするなんて嫌だからな？　ちゃんと精気を吸えるようになってくれ」

同じく帰宅は土曜の朝が多い弟・秀太郎も、心配してくれているのはわかるが、言葉が悪かった。

ダイニングテーブルの向かいからじっと見つめてくる姉と弟の姿は、圧迫面接のようで息が詰まる。

深夜に弟に呼び出されて何かと思ったら、理由はこれだ。

「夢魔ミックスなのにクソ真面目だけど、夢魔としての本能を抑えているだけだと思ってたのよね。まさか、吸精できないだなんて……。お母さんも心配するはずだわ」

姉が二度目のため息をつき、缶ビールを一口飲んだ。

「千と付き合ってるのに、あいつが吸精を教えないはずないと思うんだよな……」

「こら秀太郎。千はお前より年上なんだから呼び捨てにするんじゃない」

親しき仲にも礼儀ありだと叱《しか》ったのに、秀太郎は「千は呼び捨てでいいって言った」と言い返す。

「だからといって……」

「そういう話をしてる場合じゃないだろ？　優太郎はもっと千にいろいろ習え。恋人なんだから教えてくれるはずだ」

真顔の弟の横で、姉も深く頷いていている。

何を勘違いしているんだ？　俺の姉と弟は……。

優太郎は眉間に皺を寄せてため息をつく。

「俺と千は付き合ってなどいないぞ？　確かに、その、吸精の手伝いはしてくれているが、そんな深い仲じゃない」

「おいこら弟。深い仲じゃないヤツが、吸精の仕方を教えるわけないでしょうが」

「優太郎の性格からいって、付き合ってもないヤツとキスしたり手を握り合ったり触ったりとか無理だろ」

姉と弟はそれが真実のような顔で言うが、付き合っていないのは本当なのだ。

「いや、だって……あれは夢だし。夢の中で付き合っても、そんなことはリアルに関係ないし……」

「夢の中、ですって？　千と夢の中で付き合っているの？　それって」

「いやその……俺の願望の夢なので、千にはなんの責任もない。俺は他人の夢をコントロールなどできないからな」

「夢のコントロールは、夢魔ミックスでもできる子とできない子がいるみたいだからね……。そうなの。真顔で否定されたら、お姉さんは何も言えないわ……」

姉は残念そうな顔で缶ビールを飲んだ。

「現実で千に告白しろよ。きっと二つ返事で『俺も』って言うよ。悪魔の力は夢魔より強いから、セックスすればすぐに吸精できるって」

弟の言葉は慰めに近い。

優太郎は首を左右に振って「できるか」と言った。

「この、大事な親友という特別な立場だから吸精の手伝いをしてくれているんだ。告白して万が一『勘違いさせてごめん』と言われたらどうする？　俺は死ぬぞ？　即座に死ぬぞ？　そんな辛さを味わうくらいなら、一生親友のままでいる」

あー………言ってしまった。

心の中にしまっておいたはずの決意を口にしてしまった。

テーブルを挟んで向かいにいるはずの二人の姿が、酷く遠くに見える。

「なんという、自己評価の低さ」

「驚きの低さ」

姉と弟は顔を見合わせて「俺たちと血が繋がってるのに、信じられない低さ」と目を丸くしている。

「むしろアレね。優太郎が信じていないのは自分じゃなくて千ね。千を信じていないから出てくる台詞だわー……。千が可哀相」

「え……？」

自分の台詞に引かなかったのはありがたいが、正面から「千が可哀相」と言われて背筋に冷たい汗が流れた。

「美成実、言いすぎ。二人のことは二人で解決するもんだ。……でも、千なら優太郎を助けてくれると俺は信じている」

ありがとう弟よ……と思っていたら「でも優太郎は千に対していろいろとこじらせてるから心配だ」と言われて、優太郎は真顔になった。

ほっといてくれと言いたかったが、二人とも心の底から自分を心配してくれているのがわかるからむげにはできない。

「千のことは、俺がちゃんと吸精できるようになってから考える。今は、一度にいくつものことを同時に考えられないんだ」

「まあ、それしか言い様はないもんね。でも、私たち姉弟も優太郎のことをちゃんと思ってるってことは忘れないでよ？　三十歳で死ぬなんて許さないから」

「俺も美成実と同感」

「ところで優太郎。今まで何人もの相手と付き合って誰一人として最後まで進めなかったのは、傍に千がいたせいでしょう？　目が肥《こ》えたのよ。いかに自分が千しか見ていないか、そういうのをアピールするのもいいと思うの。というか、もっとアピールしなさいよ」

千のことは大事だからあとでじっくり考えるつもりなのに、この姉ときたら……。

「優太郎、千がどこかの変なヤツに捕まる前にちゃんと手を打っておきなさいよ？　私は千を義弟と呼びたいんだから」

「わかる。俺も千を義兄さんって呼んでみたい。だから優太郎は頑張れ」

弟は勢いよく席を立ち、冷蔵庫から何本もの缶ビールを出してテーブルに乗せる。姉はというと、「牡蠣《かき》のオイル漬けと牛肉の大和煮の缶詰があったはず……」と言って食品棚から缶詰を持ってきた。

「パッカンって開けられるの楽よねー。秀太郎、箸取って、箸」

「はーい」

「え？　二人ともどうした」

「飲むのよ。三姉弟の親睦会よ。どうせ明日は土曜日なんだから、朝まで飲むわよ」

弟が柿ピーの入った袋を両手で持ったまま「朝まで？　マジか」と笑う。

気の抜けた笑い声に、優太郎も釣られて笑った。


人の夢に入り込むのは容易かった。

きっと相手が優太郎だからだ。

これならきっと、リアルで愛を育む日もそう遠くはない、はずだ。

「……だから、俺に気を許してくれているからだと思うんだよ、曾祖父さん」

電話の相手は魔界の曾祖父。成果が出たことを報告するために高い通信料を払っていた。

『それもあるが、現実に影響を及ぼすまで続けることだな。頑張れ』

「……現実に、か。努力してやる。そして優太郎の吸精を手伝って、二人で仲良く三十歳を越えるんだ！」

『よい心がけだ。……一つ、言い聞かせることがある。千よ、何事もやりすぎはいかん。甘美な夢の世界も過ぎれば悪夢となる。焦らず気長にな。魔法とは実は地道に……』

話が長くなりそうだったので、「ありがとうございました！」と言って通話を終了する。

今夜も優太郎の夢の中に入って、彼と楽しいひとときを過ごすのだ。

昨日の夢の中では、なぜか「待ってー！」と「捕まえてごらんなさーい」という追いかけっこで終わってしまった。あれはあれで楽しかったが、千は優太郎と恋人同士の甘いひとときを過ごしたいので、今日も頑張る。

曾祖父は「やりすぎは云々《うんぬん》」と言ったが、それは純粋な魔族だからこその言葉だろう。自分のようなミックスはむしろやりすぎなくらいがちょうどいいと思った。

優太郎は、一向に精気を吸える気配はなく、ただ、日にちばかりが過ぎていく。

タイムリミットの三十歳まで、まだ三年近くある。あるのだ。冷静に考えればまだまだ余裕のはずなのに、できない日が延々と続くと焦ってちゃんと眠れない。

寝たとしても命の危険にさらされる夢ばかり見て、すぐに目が覚めてしまう。

さっきは、顔の見えない誰かに延々と追いかけられた果てに崖から落ちたところで目が覚めた。そいつは最近の夢の中によく現れる、得体の知れない人間だ。笑い声がどこか千に似ていて、そう思ってしまった罪悪感にいつも心が押しつぶされる。

そのせいか、近頃千と会話をしても彼の目を見られずにすぐに逸らしてしまう。

彼は優しいので何も聞かずにいてくれたが、そろそろ「大丈夫か？」と問われそうだ。千を心配させ続けるわけにはいかない。

「何やってるんだ、俺は……」

夢魔ミックスなんだから夢ぐらい操れないでどうする。

せめて楽しい夢を見ろよ。

心理学系のバラエティ番組に出演している先生だって「想いの強さ」を語っていたじゃ

ないか。夢は楽しいと思え。

夢魔ミックスは心療内科医やカウンセラーになっている者が多い。

夢の中で患者の治療やカウンセリングを行い、癒やすのだという。テレビで特集を見たときは「なるほどな」と思った。

「今の俺は、自分の夢さえコントロールできないのか……いや、もともと夢のコントロールなんてやったことないし……」

だから、単に願望が夢に現れる。千に「好きだ」と告白されたり、裸で抱き合って射精したり、もっととんでもないことをする……正確にはセックスをする夢を見てしまうのだ。

「またキスしてもらえばいいのかな……？　いや、それこそだめだろう。俺が千からびる」

なんでこんなことで悩むのだと思いつつ、優太郎は再びベッドに横になった。

明日も仕事だ。寝不足だとミスをしかねない。

目をつぶっていればいずれ寝られるだろう。

今度は、怖い夢は見ませんように。

「まあ、大丈夫じゃないか？　俺がいるから」

目を閉じてすぐこれだ。

いや、もしかして怖い夢で目を覚ましたところも夢だったのかもしれない。優太郎は目を開けて体を起こすと、自分の隣に寝転がっている千を見た。

いつもは裸なのに今日は下着を穿いている。

「不安で仕方ないいんだろう？」

「そうだよ。俺は……千がこんなに尽くしてくれているのに、もしかしたら死んでしまうかもしれないいんだ」

「優太郎は真面目だから、もしもの未来まで心配してしまうんだよ。大丈夫だから。そんな先のことを考えてどうするんだよ」

「千と一緒にいられなくなる。それが何より悲しいいんだ」

「どうして俺と一緒にいたいの？」

千が腕を伸ばして、頭を優しく撫でてくれた。

「好きだから。好きなんだ、千。でも、夢の中でしか言えない。千も、夢の中でしか聞いてくれない」

「そんなことない。俺も好きだよ優太郎。俺たちは恋人同士だ」

「この前みたいに、気持ちいいことしたいって言ったら……だめか？　ここでしか言えない。夢の中だけでいいから……」

優太郎は「千が好き」と言いながらパジャマを脱ぎ、下着を脱いで彼の前に立つ。

いつもならすぐにベッドに押し倒してくれるのに、今夜の千はいつまで経っても触れてこない。

「我が儘を言いすぎたのかもしれない。たとえ自分の夢でも、自分からこんな迫り方をしたら千だって嫌だろう。すまない、今のはなかったことにしてくれ。俺は寝る。何も考えられなくなるほど深く眠るから、千は消えてくれていい」

頭から布団を被って丸くなる。

なんて恥ずかしいことをしたのだと、自分をなじりながら目を閉じる。

「優太郎、ちょっと俺と話をしよう」

「いつもの千なら、そんなことを言う前に愛してるって言って、俺を押し倒して、その、いろいろといけないことをする……」

「うん。そんな俺も捨てがたいが、今は、ね、優太郎と話がしたいよ。顔を見せて」

優しい声に誘われるように顔を外に出す。

「夢の中の優太郎が積極的でちょっと嬉しい」

「……いつもの千だけど少し違うのは、俺がそうありたいとコントロールしているのか？」

「そうかな？　優太郎がそう思いたいならそれでいいよ。だから、俺の話を聞いて」

「わかった」

「俺のことが好きって言ったよね？　いつから？」

「気がついたら。きっと中学生のときには好きだった。でも、千の俺への気持ちは友情だったから、ずっと黙ってた」

瞬きをすると、千の姿が中学生になった。

詰め襟の制服姿も初々《ういうい》しい、美少年がそこにいた。

「現実の千の気持ちを確かめたことはある？」

「そんな恐ろしいこと……できるわけがない！」

自分たちの大事な関係にヒビが入ることなど許されない。

優太郎は腹が立って布団を剝《は》がして目の前の千に摑みかかった。

「俺まで……なんで？」

裸だったはずなのに、千とお揃いの制服を着ている。母に「背はすぐに伸びるから、少し大きめだけど我慢してね」と笑われたあの頃の制服だ。

あの制服が体にピタリと馴染むには一年以上もかかった。

「俺の気持ちを考えたことはなかった？　優太郎」

「考えるまでもない。お前は……俺のことは幼なじみと……」

「それ、もし違っていたらどうする？」

違う？

少年の千の制服を摑んでいた手のひらに汗が滲《にじ》む。

「……俺と一緒にいたいわけじゃなかったのか。やっぱりそうか……ただのお隣さんで、両親たちの仲がいいから、それに付き合っていただけか……」

「優太郎」

「それならそうと、さっさと言ってくれればよかった。そうすれば俺は、千に馬鹿な協力をお願いすることはなかったんだ」

「違う」

千の声が、声変わりしていない少年の声から、よく知っている声になった。

「違うよ、優太郎」

「何が違うんだ」

自分の声も、成人した男の声に戻っている。

なのに二人とも詰め襟の学生服を着ているので、妙な倒錯感があった。

「言ってくれよ。起きているときに、俺に好きだと言ってくれ。俺は言ったよな？　覚えておいてくれって。告白したのは夢の中だけど……」

今思い出した。すっかり忘れていた。寂しげな表情で言われると、申し訳ない気持ちでいっぱいになる。

「言ったとしても、千はそんなこと喜ばない」

「……喜ぶよ。それとも俺が、優太郎に言ってもいい？　夢の中でいつも言っていたように『好きだ、愛してる』って、現実でも言っていい？」

キスをするほど顔を近づけて、千が言う。

「やめろ。俺の夢なら消えてなくなれ。俺の心の中から出て行け。何も言うな」

揉み合って、伸ばされる手を叩き落としてベッドから転げ落ちる。

痛みも何も感じない。ただ今は、千の幻から逃げたい。

これはただの夢だ。俺の夢の中だ。俺がコントロールしていい夢だ。俺は夢魔のミックスだから、それくらいできる……！

部屋の隅で蹲《うずくま》り、両手で顔を覆って泣いた。

泣いたのは夢の中だと思っていたら、どうやら寝ながら泣いていたらしい。

お陰で朝から姉に「仕事でしょ？　何やってんのよ」と心配され、弟には「冷凍庫に氷入ってるから冷やせば」と優しくされた。

母には「夢のコントロールをちゃんとしないと！　怖い夢や悲しい夢になったら、『これは夢だ』と念じなさいって母さん教えてきたわよね？」と怒られる。

心配してくれるのは父だけだと思ったら、彼は優太郎の顔を見た途端に「すまん」と言って肩を震わせて笑いを堪えた。

「人の目が、横に一本になるのは凄いな。それで前が見えるのか？」

「うわ……父さんが一番酷い」

「悪かったな。……今度、金曜の夜から土日にかけてキャンプにでも行くか？　二人で」

二人きりのキャンプなんてずいぶん久しぶりだ。

千も誘おうかと思ったが、そうとは口に出せず「楽しみだ」とそれだけ言った。

千に「キャンプで練習は一回休みにしたい」と連絡できないのは、彼が「俺も一緒に行きたい」と言う可能性が高いからだ。

好きでたまらないくせに、「夢の千」と違って、優太郎の思うすべてを叶えてくれるわけではない「現実の千」と対峙するのが急に怖くなった。心の中がぐちゃぐちゃのまま千と一緒にいて、心にもないことを言ってしまったらあとの祭りだ。自己嫌悪のまま享年三十歳になってしまう。

欲望まみれの自分にも嫌気が差した。

いつも千と時間を合わせて出社するのに、今日は何も言わず、優太郎は先に家を出た。


自然は何も言わず、ただそこにあるだけ。

なのにどうしてこうも癒やされるのか。

風に触れて木々や木の葉の擦れ合う微かな音さえ、ゆったりとしたメロディになる。

夜は妖精たちの時間で、五百ミリリットルのペットボトルぐらいの大きさしかない彼らは、キラキラと虹色に輝く羽をはためかせながら、優太郎たちの傍に集まってきた。

好奇心が強くなんにでも興味を示す彼らに、父が瓶の蓋にワインを注いで差し出す。

彼らはワインの味がいたく気に入り、みなで回し飲みしながら陽気な歌まで披露してくれた。音が高くてなんの歌かはわからなかったが美しい音色だった。

すると父が「あれは恋の歌だ」と言った。

父が妖精たちの歌を知っているのは意外だったが、「千くんと上手くいっていないのか？」と言われたことに驚きすぎて「妖精の恋の歌」が脳内から吹っ飛ぶ。

「え……？」

「冷静に、端から見ていた感想だが……俺はお前と千くんは付き合っているのかと思った。仲のいい幼なじみだから、こちらが勘違いしてしまったのかな。いやだが、付き合っててもおかしくないと思う」

父が、たき火を見つめながら低く優しく語る。

「俺は色恋沙汰には疎《うと》い。リリアナ……つまり母さんとの結婚を決めたときも、友人たちだけでなく両親や兄弟たちにまで『お前が結婚できるとは思わなかった』と言われたほどだ」

「え？」

「母さんの一目惚れから始まっての猛アタックだったんだ。母さんは俺のことだけを考えて毎日のように会いに来てくれて、夜遅くなっても泊まらずに必ず帰宅した。純サキュバスがだ。一年ほど付き合って、ようやく俺も『彼女が好きだ』という自覚が湧いた。そのときに友人たちに正式に付き合うことにしたと報告したらな……」

父は何かを思い出したように小さく笑った。

どこか子供のような顔で笑い、「連中、もうとっくに付き合っているのかと思ったと、怒り出して大変だったんだ」と言った。

父の肩や頭には妖精たちが腰を下ろして、今の話を聞いている。

「そんなことがあったなんて、母さんは一言も言ってなかった」

父とのなれそめ話はよく聞かされたが、母はドラマティックに父の素晴らしい部分を語るだけだった。

「お前は、相手の好意を『単なる好意』と思ってしまう節がある。その好意に隠された想いがあることに気づくまで時間のかかるタイプだ。あと……お前はうちの長男としてよくやっているよ。剛毅な姉とちゃっかり可愛い弟に挟まれていろいろ大変だろう。だが俺も母さんも、お前のことをちゃんと見守っている。いつもいい子じゃなくていい。たまには、自分に素直に生きてくれ」

寡黙な父がこんなに話すなんて初めて知った。

優太郎は「父さん」と彼を呼んだが、声がなんだか上ずって目の奥がカッと熱くなる。

ああ、いい年をして泣きそうだと慌てて俯《うつむ》き、「うん」と、返事にならない声を出した。

自分の靴に腰掛けている妖精の子供を見ながら「俺、そんな迷っているように見えた？」と囁くように訊ねる。

「迷うというか焦っているように感じた」

「………そうか」

父はそれきり何も言わず、ワインをもう一本開けて妖精たちと飲み始めた。

自分の寿命と、自分の気持ちと、そして千のことを考える。

姉と弟に「自己評価！」と怒られそうなので、できるだけ前向きに考える。

考えていたら、脳内に姉弟がポワポワと現れた。

『親友だからって、吸精の手伝いをする？　そこまでして優太郎を助けたい気持ちって愛でしょ。愛しかないでしょ』と、姉が腕を組んで言い放つ。

でも姉さん。千が俺を愛してるなんて、そんなの夢の中だけだよ。リアルでそんなことあるわけないだろ。

すると今度は、弟が『もっと自分に都合よく考えてみなよ。自己評価アップして！』と両手を叩いた。

そうだな、と、小さく頷く。千に告白したあとのことばかり考えているから、気持ちが後ろ向きになるのだ。

自分の一生について、もっと積極的にならなければ。このままではあと三年の命という事態なのだ。

千が自分のことをなんとも思っていなくとも、告白はしよう。

それで「そんなこと少しも考えてなかった」と言われたら、「俺が言いたかっただけだ。気にしないでくれ」と笑顔で言えばいい。

「卒業式によくある『記念告白』のようなものだ」と笑って言えば、千も罪悪感を感じずに済むだろう。

そう考えたら心がスッキリした。

山奥で自然と戯《たわむ》れて気持ちを整理したのはよかった。

妖精たちと飲みすぎて二日酔いになった父の代わりに、帰路は優太郎が車を運転した。

日曜日の早朝に出発したので渋滞に巻き込まれることもなく、昼には家に到着した。

車を車庫に入れて母を呼び、二日酔いの父は母に任せて、自分は車のトランクからキャンプ用品を下ろす。

朝露《あさつゆ》を拭いたテントはまだなんとなく湿っている気がしたので、広げて干そうと思ったところで、背後から「優太郎」と声を掛けられた。

千だ。

シンプルな白シャツと黒のスリムパンツ姿が、オフ日のモデルのようで格好いい。草や土の香りが残るパーカーとジーンズ姿の自分とは正反対のすがすがしさだ。

「連絡をしないで申し訳なかった。電波の届かないところに……」

言いかけて口が止まった。千が怒っているのがわかる。

「あのさ、ちょっといいかな？　優太郎。今から外に出られる？」

そりゃ怒るだろう。優太郎は週末の「練習」をサボって、父とキャンプに行ったのだ。

だがそのお陰で気持ちの整理もついた。

寡黙な父と妖精たちのお陰だ。

「あ、あのな、千。約束を破って本当にすまない」

「いいよもう。それに関しては、美成実ちゃんと秀太郎から話を聞いた。そっとしてやってくれって言われたから……」

姉さんと弟よ！

なんて素晴らしい姉弟なんだ……ありがとうありがとう……！

優太郎は心の中で何度も姉弟に頭を下げた。

「でも、優太郎がそんなに切羽詰《せっぱつ》まってたなんて知らなかった」

「……千に今以上心配を掛けたくなかった」

「今更だろ、心配なんて。なんでも俺に言ってよ。相談してよ。一緒に頑張ろうって言ったのにさ。優太郎は三十で死にたいのか？　俺ばっかり必死で……どうしたらいいんだよ」

目の前で切なげに眉間に皺を寄せる千を、美しいと思ってしまった。

怒っている千を見ても自分の思いは少しも揺るがない。ああ、今告白してしまいたい。そうすれば失敗しても、千の美しい顔を思い出にできる。

「すまない。でも俺は……気持ちの整理がついたんだ」

「は？　それ、意味！　わかんないからっ！」

「ちゃんと話したいんだ、千」

「話をする？　……いいよ。聞いてあげるよ。じゃあ、場所を変えるから」

「わかった」

もしかしたら、千とこうして話ができるのはこれが最後かもしれないと思いながら、優太郎は彼に引っ張られるようにして早足で歩く。

どこまで行くのかわからないまま、最寄り駅の反対側、国道沿いにある繁華街の方へと引っ張られる。

「俺、キャンプから帰ってきたばかりで着替えてないから、おしゃれなところには入れないぞ？」

「大丈夫、そういうところじゃない」

「…………え？　千、そっちは……」

愛を育むための様々なタイプのホテルがずらりと並ぶその通りは、地元の中高生たちに「ラブラブ通り」と呼ばれている。

「いいの。二人きりで話ができる場所は限られてるだろ」

「それはそうだけど」

「優太郎は黙ってついてくればいい」

そのまま繁華街のホテルに直行したが、あまりに堂々と、なんのエロさも後ろめたさもなく入ったものだから、「何事だ？」と注目していた男子高生たちの集団から「おおおー」とどよめきが起きて恥ずかしかった。

確かにここなら二人きりで話ができるだろうが、まさか千がラブホテルを選ぶとは思わなかった。

生まれて初めてのラブホテルで、しかも千と一緒なのだから本当は喜ぶべきことなのだが、今、優太郎は顔を青くしてカーペットの上に正座をしている。

「ここなら防音だからなんでも言える。言いたいことがあるなら言って、優太郎」

千が両膝をつき、優太郎の顔を覗き込むように背を丸めた。

「そ、そうだな……俺は気持ちを整理したんだ」

「それって俺に関すること？　だから俺のことを避けたの？　俺、優太郎に何かした？　酷いことした？　ねえ！」

こんな怖い声を出せるのか千。

優太郎は俯き、泣きそうになるのを堪えて唇を噛んだ。

「黙ってないでなんとか言え」

「い、今言ったら……すべてが台無しになりそうだ」

「ねえ優太郎、それを決めるのは俺だから。あと、こっち向けよ。俺が話しているのに、なんで目を合わせてくれないの？　いつもの優太郎ならちゃんと目を合わせてくれるのに。ねえ。ねえ、ねえ。ちゃんと俺を見てよ」

物凄く怖い。というか迫力が凄い。プレッシャーで背中に冷や汗が流れる。

さすがは七十二柱悪魔の血を引く男だ……なんて感心できないほど怖い。

このまま眠って意識を失いたいと思うほど、千が怖かった。

「あのさ………」

千は深く長いため息をつき、優太郎の両肩を掴む。

「優太郎は俺のことが嫌いなのか？　目も合わせられないほど嫌い？　だから話しかけてもくれないの？　だから俺に何も言わずにキャンプに行ったの？」

そんなわけがあるか！

優太郎は慌てて顔を上げる。

目の前には今にも泣き出しそうな千の顔があった。

「なんで……お前が泣くんだ？」

「優太郎が俺を嫌いだから……。」

「嫌いじゃない。なんでお前を嫌うんだ？　違うよ千」

「だったら、ちゃんと言ってくれよ。俺が優太郎に嫌われてない証拠を見せて。俺、このままだと今まで使わずにいた曾祖父さんから受け継いだ力を使っちゃいそうだよ。勝手に優太郎の心を読みたくなんかないのに……っ！」

俺は千を泣くほど傷つけてしまったのか？　だとしたら大馬鹿者だ。千を嫌うわけがない。だって俺は、いつもお前の特別でありたかった。

そしてこれからも——。

「泣かせてすまない千。本当にすまない。俺は……千が……」

「……うん」

「千が好きだ。俺が千を嫌いになれるわけがない」

両手を伸ばして千の頬をそっと包む。

涙がほろりと頬を伝う。その様子までも美しい。綺麗だ。

俺の大事な、特別な悪魔ミックス。

「千が好きで……好きすぎて……でも俺が千に釣り合うはずがないじゃないか。だから、夢の中の関係で満足しようとしたんだ……。上手く精気を吸えない俺のために、千が協力してくれるのを申し訳なく思ってたのに、それを嬉しいとも思っているんだ。俺は浅ましい。最低なんだ……」

「もう一度、言ってくれる？　俺のことを……」

「千が好きだよ。どうしようもないほど好きだ。夢の中でいやらしいことをして、滅茶苦茶に汚してる。それくらい好きなんだ。俺はセックスの経験はない。でも夢の中でお前とセックスした。夢の中の千は現実でも覚えていてって言ったけど、俺にはできなかった。夢の中なら願いが叶うんだ。俺の願いが叶う場所で、お前と、ずっと……っ」

言ってしまった。

これで千は、もう二度と俺を見てくれないだろう。大事な幼なじみだと思っていたのに気味が悪いと思って離れていく。

でもいい。言いたかったことだ。気持ちは不思議と晴れ晴れとしている。

「言葉が勝手に溢れた……。こんなことを言うのは一度だけだ。親友に告白されるなんて今までの友情が壊れるようだよな。だから明日から俺のことは無視してくれ」

取りあえず優太郎は、最後まで言えた自分を心の中で褒めた。

「馬鹿か、お前」

千が手の甲で涙を拭い、眉間に皺を寄せて言った。

「は……?」

「なんで、俺の気持ちをこれっぽっちも考えないんだ？　俺は言ったよな？　現実の俺に話を聞いてって！　なんなんだよ！　自己完結すんなよ！　俺の返事を聞けよ！　俺だって優太郎が好きだ！　先に夢で告白するぐらい、優太郎が好きだよっ！　優太郎と夢の中でセックスした俺は、この俺ですから！　曾祖父さんに、夢魔ミックスの夢の中に入るにはどうしたらいい？　って頭を下げたんです！」

衝撃の告白に、優太郎はその場に尻餅をつく。

頭が追いつかないので、情報は小出しにしてほしい。

「え？　だって俺の夢……夢の中なのに……」

「優太郎の心を読んだら、こんな遠回りしなくて済んだのかもしれない。でも俺は不正はしたくなかった。優太郎には常に誠実でありたかった」

「そ、そうか……。じゃあ俺たちは……もしかして、すでに両思いということか？　それで合っているのか？」

「合ってる。俺たちは恋人同士だ。愛してるよ優太郎」

優太郎は返事をする前に、自分の頬を両手で叩いた。凄く痛い。

夢じゃない。

「千、好きだ。愛してると言ってもいいのか？　恐れ多いんだが……」

「言って！　いっぱい言って！」

「愛してる。俺は、どう見ても千に相応しいとは思えないが、千が好きでたまらない！」

「何言ってんだっ！　優太郎ほど俺に相応しいパートナーはいない。俺を信じて。愛してるんだ優太郎。一生俺の傍にいてっ！　優太郎が傍にいないと俺は不幸になるから！」

乱暴な愛の言葉が心地よく、じわじわと心に染みていく。

優太郎の心の中にあったかたくなな部分がほどけていく。

「俺、一人で……卑屈になって……何やってたんだ……。何もかも千に言えばよかったんだ。姉さんに言われたんだ。俺が一番千を信じてないって……。本当だった。すまない。これからは千のすべてを信じるよ」

「ほんとだよっ！　優太郎が俺のことを好きじゃなかったらどうしようって思って告白もできないまま、ストーカーのように同じ高校に入って、同じ大学に入って同じ会社に就職した俺の気持ち！　これが誠でなくてなんですか！」

「……千がそんなことで悩んでいたとは」

「兄さんにもずっと『お前は何やってんだ』って言われて、あげくの果てに『セックスすればすべては解決だ』と笑われ！　曾祖父さんには『お前がそこまで必死になるとは』ってからかわれて！　本当、全部優太郎のせいだから、生涯を掛けて俺に償って。ずっと俺を愛して。俺だけを愛して！」

そんな簡単なことでいいのかと、声を出そうとしたら先に涙が零れた。

「こんな簡単なこと……できなかったんだ、俺は……っ」

情けなさと嬉しさと安堵《あんど》が入り交じった感情が、涙として現れる。

「優太郎、泣かないで。愛してるから泣かないでよ。これからはパートナーとして、お前が一人で精気を吸えるようになるまで、俺は今まで以上に協力するから」

「そうだな。俺は、千とずっと一緒にいたい。もう逃げずに頑張る。千が傍にいてくれると心強い」

「そうだろうとも」

「千」

両手を伸ばし、おずおずと縋《すが》る。

「ん？」

「千、好きだ。愛してる。夢の中じゃなく、起きてる千を愛してる」

「俺も。ね？　ここホテルだから、俺が優太郎にしたかったこと全部、してもいい？　俺のこじれた恋心をここで昇華させたいんだ」

千が切羽詰まった顔で迫ってくる。

「こんな余裕のない顔もできるのか……千は」

「そんなの、相手が優太郎だからに決まっているじゃないか。優太郎の前でだけ、俺は素直になれるんだ。だから優太郎も、俺の前でだけは素直になってくれ」

ああ、なんて嬉しいことを言ってくれるんだろう。

「うん。……これからはそうする」

告白して付き合ってから、折を見て手を繋ぐ。

キスは結婚すると決めてからで、婚前セックスなんてとんでもない。

告白してすぐベッドに直行なんてことはありえない。

けれど相手が千ならば。

好きで好きでたまらない相手なら。

「その、俺も大概《たいがい》こじれてるから。ぐつぐつ煮詰めすぎて、千に対する恋心がとんでもないことになってるから」

相手が千なら、課程をすっ飛ばしても構わない。

それだけ愛してる。

「嬉しい」

千が微笑む。

優太郎はそれだけで幸せな気持ちになれた。

「優太郎の体を洗いたい」と言われたので、恥ずかしくても我慢して体を任せた。

夢の中と違って、肌を滑る指の感触がリアルだ。

とにかく「エロス追求」に特化したこのホテルは、バスタブ以外はすべて鏡になっていて、湯気でも曇らないので自分たちの姿が様々な角度から見える。

「勃《た》ってきてる。ね、優太郎。一度射精しておこうか？　精気が足りなくなったら俺が注

いであげるからさ」

「でも、俺も……千を気持ちよくしたい……」

「それはベッドでお願いします。今は、俺のお願いを聞いて」

千の可愛いおねだりは邪険にできない。

優太郎は「わかった。じゃあ、キスしてくれ」と言った。

鏡の中の自分を見ると、顔が赤いのがわかって恥ずかしくなり慌てて視線を外した。

「優しいのがいい？　ねっとりしたのがいい？」

「や、優しいのが、いいかな」

激しいキスだと我を忘れてとんでもないことを言ってしまいそうだから、唇が触れるだけのキスをいっぱいしてほしい。

千が「可愛い。優太郎は可愛い」と言って唇を合わせる。角度を変え、舌で舐めながら何度もキスをされていくうちに、これが夢なのか現実なのか曖昧《あいまい》になってきた。

それを察したのか、千が耳元で「現実だよ」囁いてくれて安堵する。

泡だらけの体のまま向き合って、互いの体を撫で回しながら快感を育てていく。

「千。気持ちいい」

「こっちもとろとろになってる」

軽く扱《しご》かれただけで、先走りが床のタイルに落ちるのが見えた。

それを見ていた千が「ほんとに余裕がないな俺」と乾いた声で呟く。

「優太郎！」

「なんだ？」

「俺だめだ。すぐにお前と繋がりたい。セックスしたい！　先にもっと優太郎を気持ちよくしたかったのに。ここまで焦るなんて自分が信じられない！」

「俺だって同じ気持ちだ。夢の中のときみたいに入れてくれ。いきなりは無理だと思うが、少し馴らせばすぐに入るはずだ」

何を言ってるんだと思っても、口から出る言葉がきっと真実だ。

「こんなことなら、尻を使ってオナニーをしておけばよかった。そうすればきっとすぐに緩くなったはずだ……」

「優太郎！　そんないやらしいことを言われたら、俺は我慢できないどころか、入れる前に出る！」

真顔で言うわりに台詞がアレだったので、優太郎は申し訳なく思いながらも笑いを堪えることができなかった。

笑いは千にも伝わって、二人でしばらく肩を震わせて笑い合う。

「……馬鹿、千。ムードがぶち壊しだ」

「いや、そもそも優太郎の言い方がおかしかった」

「そうなのか？　すまない」

「あー……なんというか、俺たちにシリアスは似合わないってことかな？　泡を流して、続きはベッドでしよう」

「そ、そうだな」

鏡の中の自分たちと目が合うのもなんだか気まずい。

「ところで、優太郎は明日有休が取れる？」

「あー……多分、問題ないと思う」

「よかった。俺はもう有休取ってるんだ」

「は？」

「優太郎への思いを一日でリセットできるわけないけど、それでももしものときに翌日出社は無理なんじゃないかなって思って、昨日のうちに会社に連絡して取得した。振られなくて本当によかった」

千は意外と馬鹿なんだな。でも、そんなところがとても可愛くて愛しい。

「俺は千を振ったりしない。絶対に振らない。こんなに愛してるのに……」

一度「愛してる」と言えれば、次からはいくらでも口から愛が溢れ出す。

優太郎は「ベッドでいっぱい愛し合おう」と言って、千に「俺の余裕をこれ以上奪うな」と怒られた。

「朝まで絶頂・魔族や魔族ミックスと魅惑の一夜を過ごしたいあなたへ。エターナルラブゼリーSSB……だって。スーパースペシャルなのはわかるけど、最後のBって……？もしやブーストのこと？　ははは！　ブーストか！」

風呂上がりに何か飲もうと冷蔵庫を開けた千が、よくわからないゼリー剤を取り出して笑った。

「出したら代金を支払うのでは？　ビジホで見た」

「うん。でも面白かったから。ね？　二人で飲もう？　優太郎」

腰にタオルを巻いただけの格好で爽やかに笑う千を前にして、優太郎は「そういうの飲まなくても……」と顔を赤くしてそっぽを向く。

「だ、だ、大丈夫！　すぐに飲むわけじゃないから！　最初は何も使わないで優太郎と気持ちよくなりたいから俺！」

「そんな顔しなくてもわかってるから」

慌てて麦茶のペットボトルを差し出す千には思わず笑った。

一本のペットボトルを二人で交互に飲んで喉を潤していたら、千が「優太郎の飲み方がエロくてヤバイ」と言った。

「それを言うなら千だって、エロい」

「じゃあもう、お互いエロいからセックスしよう。ほんと俺、早く優太郎と合体したい！」

「今日は千のいろんな顔を見られて楽しいや」

笑いながらベッドに乗って、枕を背にして脚を放り出すと「これからもっと違う顔も見せてあげるよ」と言われた。すっと目を細めて微笑んでいる千を見上げているだけで、優太郎の陰茎が興奮してたちまち勃起する。

「している途中で吸精できそうと思ったら試してみて。指を噛んでも首を噛んでも俺は怒らないから。むしろ、優太郎に印をつけてもらって嬉しいと思うから」

千の手で腰に巻いていたタオルをそっと剝がされ、興奮した陰茎が露《あらわ》になった。

「もう先端が蕩けて、ヒクヒク動いてる。可愛い」

「だってこれは、現実だから。千に見られてるだけで……」

「うん。ようやく現実だ」

千の綺麗な顔が近づいてくる。間近でずっと見ていたかったが、「キスのときは目を閉じて」と小さく笑われたので、仕方なく目を閉じた。

互いの唇を味わうように優しいキスを何度も繰り返したあとに今度は舌で味わっていく。

温かな舌や滑らかな口腔を味わっていくうちに、これが現実なのだと理解していく。

以前、吸精を手伝ってくれたときのキスや夢の中でのキスとは比べものにならないほどの快感が濁流《だくりゅう》のように押し寄せてくる。

優太郎は千の味に夢中になりながら、刺激されていないにもかかわらず射精した。

夢魔はミックスでも、絶頂の際に大量の甘く旨い体液を溢れさせる。

「甘くて美味しい。まだ溢れてるよ。キスだけでこんなに気持ちよくなってくれて嬉しい」

千が精液を指先にすくい取って味わい、はあはあと息を切らす優太郎の耳元で囁いた。

「せっかく、気持ちのいいキスをしてたのに……っ、千の精を吸えなかった……っ、吸いたいのに、千の全部、欲しい……っ」

「大丈夫。優太郎は絶対に吸精できるようになるよ。焦らないで、俺で気持ちよくなって」

脚を左右に開かされて、その間に千の右手が入ってくる。

たっぷりと精液で濡れた会陰をゆるゆるとたどり、後孔を指の腹で撫でられた。そこに精液を馴染ませるのか指が一本、入ってくる。

「あ、あ……っ、千の指が……っ」

「ん。狭くて熱いのに……ねえ、夢魔ミックスだから？　中が濡れてるよ？　優太郎」

「俺は初めてだから……そういうことはわからない……っ、あっ、あ……中、気持ちよくて、だめだ……っ」

「夢魔や夢魔ミックスとセックスしたことないから、俺にもわからないんだけど……多分、インキュバスが受け入れる側になると、こうなるのかな……？」

「俺としているときに、他の誰かの話をするな……っ」

「ごめん。でも、夢魔や夢魔ミックスとのセックスは優太郎が初めてだから……それで許して？」

「くっそ……千の馬鹿。お前みたいな綺麗で格好よくて他人に慕われるほど性格のいいヤツが、誰ともセックスしてないなんて思ってない。でも、もう、そういう話はするな」

「ほんとごめん。俺、格好悪いね。余裕がなくて馬鹿をしたら、また優太郎が叱って？」

しょんぼりした顔で「叱ってくれ」だなんて言われたら、逆にこっちの胸が高鳴ってどうしていいかわからない。

「わかったから……早く……続き、してほしい……っ」

「ん。優太郎の気持ちのいいところ、俺に全部教えて」

中に入った指が増え、動き出すたびに、クチュクチュと粘り気を帯びた体液の音が部屋に響いた。

千の指が入っているだけでも気持ちがいいのに、その指で突き上げられて、優太郎の陰茎はまたすぐに勃起した。

「あ、またっ、射精したばかりなのに、こんな、勃って」

「俺がそうさせてるんだから、素直に気持ちよくなって。我慢なんてしなくていいよ。俺に優太郎の気持ちのいい場所をいっぱい教えて」

千が耳元で囁きながら優太郎の耳を舐める。

外耳を丁寧に舐められたかと思ったら、今度は甘噛みされる。耳の中に千の吐息が入ると、優太郎は我慢できずに甘い悲鳴を上げた。

「気持ちいいね？　ペニスから先走りが滴ってるよ。凄い量だからお漏らしをしているみたいだ。優太郎のこういう姿をずっとずっと見たかった」

千の形のいい指で後孔を何度も貫かれながら、興奮した姿を視姦《しかん》される。

夢の中しか知らなかったときは、それがすべてで何度も夢精した。

けれど「現実の千とその想い」を知ってしまった今は、夢の中の出来事など消し飛んだ。

愛しくてたまらない美しい男が、愛しさに満ち溢れた目で自分を見ている。

「そんな風に……見られたら……俺……それだけで、まだ、射精、してしまう……っ」

千が優太郎を見下ろして「愛してる」と囁く。

それから彼の視線が胸に移動し、顔を寄せ、赤く勃起している乳頭にキスをする。

「ひゃ！　ぁあっ、あああっ！　そこ、そこだめだっ、だめっ、そんな、吸われたらっ、初めてだからっ、俺、初めてだから……っ！」

わざと音を立てて乳首を吸われた優太郎は、がくがくと体を震わせて甘い香りの先走りを溢れさせた。

「ああくそ！　早く優太郎の中に入りたい」

千が指を抜いて、優太郎の後孔に自分の陰茎をそっと押しつける。

「が、我慢、しなくていい」

「でも」

「俺の方が我慢できないんだ、千。もう一人だけで射精するのは嫌だ。千と一緒に気持ちよくなりたい……」

「優太郎の感じるところをもっといっぱい知りたいのに」

「そんなの、これからいっぱい知ってくれ。俺たち、恋人同士なんだから……これからはいつでも」

優太郎が言い切る前に、千が「生涯大事にする。優太郎を愛してる」と言った。

たまらず彼の頭を掻き抱いて自分の胸に押しつけて「俺だって千が好きだ。生涯千だけを愛すると誓う」と早口で返す。

「生涯を誓ったな。俺のために誓ってくれたんだな……」

真面目な自分に合わせてくれた千の、どこが「余裕がない」というのだろう。

「そうだよ。たった今から俺たちは婚約者で、半年後には結婚だ。そしたら夫婦……パートナーだ。優太郎、それでいい？」

「誰が嫌だなんて言うか。俺には勿体ない。でも、千を誰にも渡したくない」

セックスするのは結婚相手だと言ったこの前までの自分が懐かしい。

それが大好きな相手と叶うとは思ってもみなかった。

「ゆっくり……するから、ね？　怖かったらすぐ言って」

「平気。千が俺にすることで怖いことなんか……ないよ」

千の熱を感じる。彼がゆっくりと中に入ってくる。

「優太郎の中……凄く熱くて、とろとろでヤバい。苦しくない？　平気？」

「俺……千が中にあるってことで……胸がいっぱいで……。もし吸精できずに死んでも、思い残すことないって……思った」

千の眉間に怒りの皺が寄るのがわかったが、でも優太郎は本当にそう思ってしまったのだ。

「じゃあ、もう抜く」

「待って。嫌だ」

「だって優太郎が……俺のプロポーズを受けたのにそんな縁起でもないことを言うから。山ほど未練を残してやる」

ゆっくりと抜き差しを繰り返されて、体が瞬く間に蕩けていく。

「や、だ。やめないでくれ。中で、動いて、頼む……っ」

「優太郎は、自分の言ったことを撤回してくれないと」

ずるりと、千の陰茎が抜かれた。

後孔が、再び挿入してほしくてひくひくと動くのがわかった。

「中に、俺の中に入ってくれ。撤回するから、だから、このまま放っておかないでくれ」

「じゃあ、言って」

ぴたりと後孔に、まるでキスするように千の陰茎が押しつけられる。

「俺は、千に手伝ってもらって……吸精できるようになる。絶対にできるようになる」

「それから？」

「あっ、あ……っ……そこじゃなく、もっと……中に……入れて……」

千の陰茎が後孔を押し広げて入ってくるが、まだ、優太郎が欲しいと思う刺激にはほど遠い。

「だめ。ちゃんと言って」

「もう二度とこんなこと言わない。千と二人で寿命いっぱいまで生きる」

「はいよく言えました。絶対に吸精できるっていう思い込みも大事だからね？」

「わかった」

「それに、吸精できるようになると、俺の精を吸い放題だ。凄く旨いの、優太郎は知ってるよね？」

そうだった。千に精を注がれたときのことを思い出す。

「自分の力で……千の精を吸いたい、絶対に吸いたい！」

「そう言ってくれると、凄く嬉しい」

千が動きを再開した。

熱く濡れた腹の中を何度も突き上げられて、そのたびに快感の星が飛び散る。

激しい動きで肉壁を擦られるたびに、後孔から泡立った愛液が零れた。

中が蕩けて陰茎を易々と受け入れるのは、夢魔ミックスの男としての体が、快感と精液を受け入れるために変化しているのだと改めて理解する。

「ひっ、ぁあ……っ、あああああっ！　出る、俺また……っ、千っ」

自分ばかり何度も射精するのは恥ずかしいのに、千が「いっぱい出して」とお願いするから、優太郎は言われた通りに白濁《はくだく》を溢れさせた。

「中に出していい？」

千の興奮して掠れた声を聞き、優太郎は「いっぱい欲しい」と言った。

恥じらうよりも願いを先に口にしてしまったが、千は嬉しそうに目を細めて笑った。

「うん。今、いっぱい注いであげる」

千の両手で腰を摑まれたと思ったら、いきなり激しく腰を動かされて奥まで突き上げられる。その激しさに逃げようとしても腰を摑んでいる千の力が強くてどうにもならない。

肉壁はどこも敏感な性器となって、千が動きやすいよう愛液を溢れさせる。結合部から響くいやらしい音に興奮して、優太郎は両手を伸ばして千の頭を摑んで引き寄せ、その首筋に嚙みついた。

無意識の吸精行為だったが、何も吸うことができない。それが悔しくて、千の首に嚙みついて歯形を残す。

それが合図となり、千が低く呻いて優太郎の中にしたたかに射精した。

「あ……、あ、俺も……っ、だめ……っ」

熱い滴りは千が腰を揺らすたびに腹の中に注がれて、その刺激で優太郎もまた射精する。

二人の精液は零れ落ちてシーツで混ざり合った。

「俺、まだ……出てる……、千が、感じるところを、いっぱい弄《いじ》るから……っ」

「俺で感じてるってわかるから、凄く嬉しい」

千が、精液をとぷとぷと溢れさせている優太郎の陰茎をそっと両手で摑んだ。

「甘くていい香り」

「こんな……いっぱい出るなんて……恥ずかしい」

「エロいし可愛いから問題ないよ。もっといっぱい溢れさせていいからね？　今度は違う格好でしていい？　後ろから優太郎の胸を揉みながら、突っ込みたい。あと、シックスナインもしようね。挿入なしで、とことん優太郎を気持ちよくさせたいなあ。今まで我慢していた分、いろんなことをして愛を確かめよう」

「いいよ。俺だって、千に負けないくらいずっと我慢していたんだ。どんなことだって千としたいんだ。二人でいっぱい気持ちよくなる。そして吸精する……」

最初から飛ばして大丈夫かと思ったが、でも今は自分の気持ちに素直になって千を求めようと決めた。

二人が揃って帰宅したのは月曜日の昼過ぎだ。

千が「着替えて優太郎の家に行くから、ちょっとだけ待ってて」と言った直後に、佐々上家の玄関扉が勢いよく開き、二人の母親が弾丸のように飛び出してきた。

「優太郎！　お赤飯よ！　お赤飯を作ったわ！」

「千！　優太郎君を一生幸せにするのよ！　あと曾祖父ちゃんに連絡してっ！」

母の勘は鋭いと言う。

あれは都市伝説ではなかったのだなと、優太郎は実感した。千など目を見開いたまま固まっている。

「佐々上ママがいろいろ教えてくれたのよ。こんな嬉しいことはないわ！　千には私が受け継いだ宝石の中からもっとも相応しい指輪を選んでもらわないとね。婚約指輪よ？　わかってる？」

甘霧母は頬を染めて「長年の夢が叶った……」と空に向かって両手を合わせる。

「吸精できるようになる第一歩ね。婚約おめでとう。これからは二人で頑張るのよ？　結婚式の招待者リストはお母さんたちが作っておくから安心して」

佐々上母は安堵のため息をつき「本当によかった」と涙ぐむ。

「俺が……ちゃんと言いたかったんだけどな……。優太郎さんを僕にくださいって、おじさんたちの前で頭を下げたかったんだけどな……」

「父さんが帰宅したら、それをやればいいよ千」

優太郎の言葉に頷いた千は、母たちの背後に父たちがいることに気づいて「マジかよ」と気の抜けた声を出す。

「ママに連れて来られた」と照れ笑いしたのが甘霧父で、「早退しろと電話が来た」と言ったのは佐々上父だ。

「ああもう！」

千は大声を上げてから、白シャツに黒のスリムパンツという昨日と同じ格好で、二組の夫婦の前で「優太郎君を僕にください！　生涯幸せにします！」と宣言した。

「公道の真ん中で何をやっているんだ、俺の弟は」

千の兄・令が「家族の一大事だから早退しろって電話が来た」と付け足す。

「私より先に結婚するわけ？　優太郎」と優太郎の姉・美成実が、令と同じ理由で帰宅していた。

「よかった！　千が義兄か！　やったな優太郎！」

母の鬼電で大学から急ぎ戻った弟の秀太郎が、瞬時にすべてを把握して笑う。

そんな中、優太郎の父が真顔で「どうか優太郎を幸せにしてやってください」と千に頭を下げたものだから、千は「うわあああ！」とその場で泣き出し、釣られた優太郎も泣き、最終的には二家族が嬉し泣きを始めてご近所から「大丈夫？」と心配されて大変な騒ぎになった。

そして今、優太郎と千は、千の母親の指輪コレクションを目の前にして引いている。

善は急げなのは嬉しいが、二人ともまだ赤飯も食べていない。

「どの指輪も、持ち主が変わったらサイズも変化するから大丈夫よ」

「そういうものなんですか……？」

「ええ。こっちのブルーダイヤの指輪は、ドワーフに依頼した物なの。直線的なデザインだから優太郎君の指に合うんじゃないかしら。そっちのルビーはエルフ作よ。優雅な曲線よね。情熱の赤い心臓……素敵だわ。その四角いのはエメラルドで、黄色がよかったらトパーズもあるのよ？　アレキサンドライトもキラキラして素敵よね」

「はい……」

婚約指輪候補を出してくれるのは嬉しいが、どれも石が大きくて逆に「偽物？」と思ってしまうようなものばかりだ。

「母さんは黙って。優太郎と結婚するのは俺だ。だから俺が選ぶ」

ドアの隙間から「それがいいぞ」「頑張れ千」と甘露父と令が声援を送っている。

「優太郎に相応しい石は………」

千が選んでくれたものなら、五百円玉大のダイヤの指輪でも気後れせずに受け取ろうと思った。

「結婚指輪はお揃いのをつけるから、婚約指輪は、んー…………」

千も、たくさんの指輪を前にして悩んでいる。

「これがいい。優太郎の髪の色に合うと思う。少し小さい石だけど、俺がいいと思った石はこれだったんだ……」

千がいきなりその場に右膝をつき、選んだ指輪を手のひらに載せて優太郎に差し出した。

甘霧家のみなさんは口を挟まずに静かに二人を見守る。

「佐々上優太郎さん、甘霧千と結婚してください」

千の手の中にあるのは、小粒だが美しいカットでキラキラと光を放つカイヤナイトの指輪だ。透き通った青い石の地金はシルバーだが妖精たちが施した優美な細工物で、指輪を持つ者への加護があった。

優太郎は息を呑んでから「はい。俺でよければ喜んで」と返事をし、指輪を受け取った。

「プラチナや金もあったんだけど…………そうね、千ならその石を選ぶわね。常に持ち主を守り、そしてパートナーに私はここにいるぞと居所を知らせる。素晴らしい指輪よ」

甘露母は拍手をしながら「二人に幸あれ！」と喜び、空中から薔薇の花を降らせた。

「小さいと思っていたけど……本当に……指輪の大きさが変わるんですね。綺麗な石だ」

さっさと指輪をつけようとした優太郎だったが、千に「待って待って！」と叫ばれて動きを止める。

「俺がはめます。俺が！」

「そ、そう」

千の勢いに驚いた優太郎は、右手に持っていた指輪を千に渡した。

「これが俺の気持ち。優太郎がどこにいても駆けつけられるＧＰＳ機能付き婚約指輪」

「俺はいつも千と一緒なのに、心配性だな」

「そうだよ。こんな俺は嫌い？」

「好きだよ」

「俺も優太郎が大好きだ」

千に贈られた婚約指輪は、こうして無事に優太郎の左手薬指に収まった。

綺麗な指輪だ……と感動しているときに、千のスマホがけたたましい着信音を響かせる。

「無視だ無視」

「いや、出ておいた方がいいぞ。俺がさっきお祖父様にメッセージを入れておいた」

父がスマホを手にして笑顔で手を振る。

「マジかよ」

千が慌てて電話に出ると、「遅い！」と大声が聞こえた。

『スピーカーにしなさい、スピーカーに！　俺は今、ひ孫の頑張りに感動している！　よくぞ幼い頃からの恋心を実らせたものだ。そちらの世界では初恋は実らないという言い伝えがあるというのに』

言い伝えというか、都市伝説的なものではないかと思う。

優太郎は心の中でこっそりと突っ込みを入れて、千がスマホを渋々操作してスピーカーにする様子を見つめる。

『俺のところへ相談しに来るほど悩んでいたのが嘘のようだ。愛しい相手の心を読むことを潔しとせずに、よくぞ頑張った。誇らしいひ孫だ。そして令にも期待しているから、そのつもりでいろ。ところで、千は俺に言うことがあるんじゃないか？』

「……その節はありがとうございました」

『なになに。今度こちらに二人で顔を見せに来い。わかったな？　千』

千が唇を尖らせているのは、返事をしたくないからだ。

「お前のその癖、治らないよなあ」

「だって……優太郎を連れて魔界に行くなんて新婚旅行みたいじゃないか。新婚旅行先は二人でしっかり決めたい」

「それはそれ、これはこれ、だろ。早く曾祖父さんに返事をしろ」

「優太郎がそう言うなら……こっちでのあれこれが落ち着いたら、一度そちらにうかがいます」

『まだこじらせているのか。お前は本当に面倒くさいひ孫だな。しかし、お前たち二人がこちらに来るのを楽しみにしているぞ。甘霧家のみな、達者でな』

曾祖父は言いたいことだけ言ってさっさと電話を切った。

「曾祖父さんも、大概お騒がせ野郎だよな」

令がぼそりと言って、千が激しく頷く。

「自分の曾祖父にそんなことを言うのはどうかと思うぞ？」

「本気じゃないから大丈夫。心の中ではちゃんと敬ってるから、優太郎は心配しなくていい。すべて俺に任せて」

悪態をついたあとでも、キラキラと目を輝かせてそういうことが言える千に、優太郎は「仕方ないなあ」と笑った。

めでたいことだと、両家で婚約祝いをして、たらふく食べて飲んだその夜。

両親が寝静まった頃に、ダイニングキッチンに佐々上家の姉弟が三人集合した。

「こんな早くに優太郎の婚約が決まるとはびっくりよ」と姉の美成実。

「その日のうちに婚約指輪をもらうっていうのもびっくりだ」と弟の秀太郎。

二人の顔には「安堵」の文字が書かれている。

以前の「会合」と違って、今夜は全員、母手作りの麦茶の入ったグラスを持っている。

「心配かけて申し訳なかった」

謝罪の言葉に、二人は偉そうに頷き、緩い笑顔になった。

「千に対して悩むことがなくなったから、これからは吸精に全力集中できるわね」

「……そうだと嬉しい、いや、絶対にそうなると信じてる」

後ろ向きなことは言わず思わず、千と頑張ると決めたのだ。

「自己肯定感が高くなったな、優太郎。凄くいいことだと思う。……でさ、千とのセックスはどうだった？」

笑顔でとんでもないことを訊ねる弟に、「はあ？」と言い返したら、今度は姉が「どうだった？」と聞いてきたので、これだからエロ雑談に強い姉弟は……と優太郎はため息をついた。

「千とのセックス？　よかったに決まってる。あと、千が夢魔や夢魔ミックスとしたことがないのを知れてよかった」

胸を張って言い返したら、姉と弟は「そりゃ千はびっくりしたよね」と声を揃える。

「え……？」

「いやほら、俺たちは夢魔ミックスでさ、夢魔にはサキュバス・インキュバスの二種類いるから、相手によって体が変化するんだよ」

「んん？」

「つまり、どっちが突っ込むかで体が変わるってこと。夢魔と夢魔ミックスだけなんだってこの習性。さすがにお母さんに聞くのもなーと思って、自分たちで調べた」

「そ、そうなのか……なるほど、そうか……」

顔が熱い。きっと真っ赤になっている。

優太郎は両手で頬を包み込み「そうか」と何度も繰り返した。

「そういう体ってことをわかっておけば大丈夫。特に優太郎の場合は、千に任せておけば問題ないから」

姉の言葉に、確かにそうだと頷いた。

「それにしても、私より先に結婚披露宴はさせないからね。私がまず年内に挙式するから、あんたたちは来年以降にしなさい。身内の結婚式はご祝儀が大変だし」

美成実は続けて「借金理由の上位に、披露宴ラッシュでご祝儀が包めないから、というのがあるらしいわ」と真顔で言った。

たしかに。祝福はしたいが財布は悲鳴を上げる。

「うわー……美成実が優太郎に酷いことを言ってる。いっそのこと、合同で結婚式をすればいいじゃん」

結婚なんてまだ先と思っている秀太郎の言葉に、美成実の眉がひゅっと上がった。

「わかってないお子ちゃまが何を言ってんだか……」

「は？　二人きりでやってもいいんじゃないの？　俺だったら、金を掛けて披露するより、これからの二人の生活に使いたい」

みなに祝ってもらいたいという姉の気持ちも、今後の二人のことを考えたい弟の気持ちも、どちらもよくわかる。

すると二人は優太郎を振り返って「どう思う？」と聞いてきた。

「俺は……相手がしたいと思っていることをしてあげたい、かな」

千を思い浮かべながら言ったら、「優等生が」と姉に罵《ののし》られ、「人生設計考えろよ」と弟に突っ込みを入れられる。

「まあ、でも……優太郎と千なら安心ね。もうハラハラドキドキしなくてもいい」

「言えてる。二人がくっついてくれて本当によかった」

なんだかんだ言っても、二人は今までずっと心配してくれていたのだ。それに優太郎には三十歳問題があるから、それが解決するまでは心配を掛けてしまうだろう。

ありがたくて申し訳ない。

「うん。千と一緒に乗り越えるから大丈夫だ」

優太郎はそう言って、姉と弟に「いつもすまない」と深々と頭を下げた。

優太郎は自ら何も言わなかったが、彼の左手薬指に輝く指輪が、「彼に何が起きたか」を雄弁に語った。

社内で優太郎と一言でも話をしたことのある者はみな、彼に指輪の意味を訊ねた。

多少ぶしつけな質問にも、優太郎は真面目に答えた。

「婚約指輪です。相手ですか？　はい、広報部服飾広報課の甘露千です」

そうなのだ。

優太郎は真面目だからこそ、なぜ自分が左手の薬指に指輪をしているかを問われるまま答え続けた。

彼を知っている者たちは「ようやくか」と胸を撫で下ろした。

その筆頭が優太郎の先輩である戸巻ダニエルで、彼は「ようやく長い春が終わったのか。よかったな。まとまって」と涙ぐんだ。

逆に至るところで怒りを爆発させていたのが、千に恋をしていた人々だった。

千が婚約者について聞かれたときに「俺を好きでいてくれる人なら、きっと俺の幸せも喜んでくれると思います。あと、俺の婚約者に何かする人がいたら何をするかわかりません。……まあそんな人はいるわけないんですけどね」と笑顔で語ったお陰で、優太郎に嫌がらせをする者はいなかったが、文句を言う口まで塞ぐことはできなかったようだ。

婚約フィーバーは十日ほどで落ち着いたが、それでもチクチクと優太郎に聞こえるように「アレが？」「マジか」と馬鹿にして笑う声が聞こえる。

「優太郎はそういうの気にしないの？」

今日も会社の食堂で一緒に昼食をとりながら、千が心配そうな顔で聞いてきた。

「いちいち気にしていたらキリがない。そもそも千の親友というベストポジションにいた頃から、その手の文句は言われ続けていたから、今更って感じだな」

「マジか。……俺って少しも優太郎を守れてない」

「これから守ればいいじゃないの。それにしても、七十二柱悪魔の血を引くあなたが、夢魔ミックスと婚約するとは思わなかったわ。意外だから楽しいわ」

ちゃっかり同じテーブルについたクリスティーヌが食後の紅茶を飲んで微笑んだ。

「僕は、佐々上先輩が幸せになってくれればそれでいいです。結婚式には是非呼んでくださいね？　僕が出席すれば、場は一層華やぐと思います。先輩のために華やぎたい」

いつでもどこでも優太郎の傍にいたいリオンは、自分が出席すれば披露宴は成功すると信じて疑わない天使ミックスで、今も後光が差して眩しい。

「ところで、あの、七十二柱悪魔の子孫って、僕は甘霧さんしか知らないんですけど……

他にも大勢いるんですか？　世界中に散らばっているとか？」

リオンが、フルーツジュースのパックを両手に持って「素朴な疑問です」と付け足した。

「七十二柱悪魔の子孫は、とりあえずここにいるわ。私と千よ」

「俺もこの二人しか知らない」

すると千が「いるにはいるけど、数が少ないから基本は非公開だ」と答える。

「そもそも七十二柱悪魔の血を引いていても、うちの父系のように強力な能力を継いでいる人間は少ない。悪魔たちは十年に一度は降臨祭で遊びにやってくるけどな」

「あらそうだったの。子孫もいろいろと大変なのね」

クリスティーヌの祖母は悪魔だが、太古は神と呼ばれていた。彼女はそれを秘密にはしないし、むしろ逆に「崇《あが》めなさい」と煽るタイプだ。

「余程のことがない限り、自分の出自を大声で語るヤツなんていないでしょ。面倒ごとしか起きやしない。……でも優太郎は俺が守るから安心して」

「職場では同僚程度の親しさでいてくれれば、俺は大丈夫だ。千」

「え？　どういうこと？」

「イチャイチャするなら仕事を完璧にこなしてからでしょ、甘霧千」

「清子、フルネームで呼ぶのやめて」

優太郎が息をついて冷たい麦茶を飲む横で、千とクリスティーヌが仕事の話を始める。

「……では僕たちも戻りましょうか？　先輩。そろそろ昼休みも終わりますから」

「そうしよう。じゃあ、千。あとでな」

優太郎は食器の載ったトレイを持って、席を立った。

食事の時間をずらして食堂に来ている社員の視線が少しばかり突き刺さるが、今の優太郎には、何よりも優先して取り組まなくてはならないことがある。

婚約という形で千との関係が新たなものになり、片思いの苦しい思考に悩むことはなくなったが、まだ吸精できない。

三十歳までに吸精できないと死んでしまうという状況は、未だ変わっていなかった。

心のつかえがなくなったから、大丈夫なのではないかと思ったが甘かった。

千の「むしろ、しばらく練習をやめた方がいいかも」という提案を受けて、昨日から何もしていない。

「ショーのリハを見に来てくださいね？　なんなら、撮影も見学してください」

優太郎の悩みなどあずかり知らぬリオンが、天使の微笑みで話しかけてくる。

「経理の俺が見に行ってもいいのかな」

「甘霧さんのテンションが上がるという理由なら、問題ないかと思います」

「いいのか、それで」

優太郎は声を出して笑うが、リオンは真顔で「甘霧さんは、佐々上先輩の話をするときに世界で一番綺麗で格好いい男になるんです」と言った。

「いや、千が世界一綺麗なのは俺がよく知っている」

「それは単に先輩の感想でしょう？　……誰が見ても、本当に格好よくなるんです。あれは凄い。愛の力は天使の得意分野なんですが、あれには勝てません」

「そうか……」

千が褒められると自分のことのように嬉しい。

「午後からもうひと頑張りだな、リオン」

「はい。ソフトもサクサク使えるようになりましたし、決算期でなければ僕も十分戦力になりますね」

そこそこ自分のことをわかっているのが面白い。

優太郎は「決算期も頑張れるようになろうな」と言って笑った。

お揃いのスタッフTシャツを着たスタッフたちが、動画配信用のセットを組んだり、配線をチェックしたりと忙しい。

そんな中、出来上がった足場を使って、服飾広報の連中やモデルたちが、クリスティーヌと一緒にショーの段取りを話し合っている。

「ケルベロスっていいですよね。僕、一度飼ってみたいです」

リオンは黒のブラウスをひらりと翻《ひるがえ》しながらショーのウォーキングをし、真剣な顔で「甘霧さん、コネでどうにかなりません？」と言った。

千は幼い頃に両親に連れて行かれた曾祖父の屋敷で見たことがあるが、山ほどの大きさがあって眼光鋭く、「いいか悪いか」の感想を述べる暇もなく泣き出した。

曾祖父の躾《しつけ》もあって、従順なケルベロスと仲良くすることはできたが、今でも、飼いたいとは少しも思わない。

「血統書付きは買えないぞ。あれは魔界か地獄でしか生きられないと曾祖父さんが言ってた」

「ええええ……。仕方ない。今度、地獄巡りツアーに参加して見てきます」

しょんぼりするリオンに、クリスティーヌが「ミックスなら、いいブリーダーを知っているわよ」と偉そうに腕組みをして提案する。

「どれくらいのミックスですか？　頭は三つあります？　大きさは？」

「頭が三つで、柴犬サイズらしいわ」

携帯で素早く検索した彼女は、頭が三つあるケルベロスミックスの画像をリオンに見せた。

「ううううっ！　殺される！　心を……持っていかれる……！」

リオンがその場で胸を押さえて蹲ったのを見て、何が起きたのかとスタッフが駆け寄った。

するとみな「うっ」と心臓を押さえてその場に蹲る。

「まったく、みんな大げさだな」

服飾広報課のチーフは悪魔と精霊のミックスで、滅多なことでは動揺しない。そのチーフが「見せてくれる？」とクリスティーヌの持っていた携帯の画面を覗き込んだ。

千は少し離れた場所で彼らの動向を見守る。

「な、なんということだ……っ！」

チーフは頬を朱に染めて「尊い！」と叫んで蹲った。

「甘霧君はどう？　この画像を見られるかしら？」

「何を勝ち誇った顔で言ってるんだか……。柴犬ケルベロスが可愛いんだろ？　でも俺の中で可愛いもののランキング不動の一位は揺るがないから、柴犬ケルベロスを見ても動じない」

「あらそう。こんなに可愛らしいのに……」

クリスティーヌが携帯をこちらに向ける。

確かに、柴犬ケルベロスは可愛かった。

あの地獄の超大型犬をどうやってこの世の犬と掛け合わせたのか、はたまた何代掛け合わせてあの大きさにしたのか。ブリーダーの苦労が忍ばれるほどの愛らしい柴犬ケルベロスだ。

「俺は飼うなら黒柴の方かな……。マロみたいな点々眉が可愛いじゃないか」

「そうね。黒柴ケルベロスも可愛いわね」

「可愛いけど気が荒そう」

「ご主人様以外には仕えないみたいね、……今、子犬がいるかちょっと聞いてみるわ」

フリーダムなクリスティーヌは、その場で知り合いのブリーダーに電話をした。

だが何か都合が悪かったようで、「警察には行ったのね？」「気を落とさないで」などと言って電話を早々に切る。

「春先に生まれた子犬たちを五頭、盗まれたんですって。気の毒に……」

「犯人が見つかるといいですね」

「どこかの豪邸で番犬として飼われそうだけど、正規のルートで購入するのが一番よ。ブリーダーと犬のためにもね……！」

クリスティーヌは憤慨《ふんがい》し、「気分が悪いわ。三十分休憩ね！」と言ってショーの会場から出て行った。

「流行で飼える犬じゃないから、きっと何かの目的で盗まれたんだろうね」

ようやく「可愛い発作」から立ち直ったチーフが、「ふう」とため息をつく。

「……目的といえば、また代表宛に嫌がらせの手紙が来たそうですね」

毎年、この手の嫌がらせはあるが、今年は少々内容が過激だった。

「ショーの配信が中断したら大恥だな」「ショーを破壊されたらどうする？」という予告めいた内容が多く、それが徐々に増えている。

メールではなく手紙で、しかも消印が都内全域という用意周到さだ。もちろん警察には届けてあるが、具体的な殺人予告か爆発予告にならない限り積極的に動かないだろう。

「どうせ、どこかのライバル会社がやったことだろう。去年も『私のデザインを盗んだわね』と粘着質なメールが来た。調べてみたら、花柄のワンピースのことだったしな。花の柄も違うしデザインも違う。他のメーカーにも似たような抗議があったそうだ」

チーフは「思い込みが過ぎると怖いんだよ」と言って肩をすくめる。

「この間、動画配信サイトで、顔を隠してうちのショーに抗議している男性がいましたよ。途中から『悪魔ミックスは世界からなくなれ』って話にすり替わっててヤバかったです」

千は「何を言ってるんだか」と笑った。

「その動画、俺も見たわ。最後は、世界は天使で満たされろって叫ぶヤツだよな？」

「そうです。今や種族はミックスされているっていうのに……」

「ああ、そういうのが一番困るよね。天使と悪魔、妖怪精霊は世界中に存在するのに」

クリスティーヌが話に加わり、モデルたちも「ナンセンスよね」「天界に行けばいいのに」と困惑した表情で語る。

どこにでも、そうやって文句を言う輩が存在する。

そして千は内心、夢魔の習性に腹を立てていた。

夢魔や夢魔ミックスの習性、というか本能が上手く働かないものは淘汰《とうた》されるということか。夢魔のコロニーから追い出されるという意味か。だとしたらそれは比喩の死で……と思ったことを優太郎の母に尋ねたら、彼女は真顔で「リアル死よ」と言った。

「だから千君、優太郎を目覚めさせて」

おそらく優太郎には、とんでもなく大きなきっかけが必要なのだ。それがなんなのかわからないまま、タイムリミットを迎えるなんてまっぴらだった。

最悪は三十歳直前で時間を止める。

曾祖父の宝物庫には扱い方を間違えると世界が滅びそうなものがたくさんあったし、彼の友人に相談するという手もある。

愛しい優太郎の命がかかっているのだからなりふり構っていられない。使えるものはなんでも使う。

「おい甘霧。今度はお前も入ってのウォーキングだ。せっかく作ってくれたランウェイを壊さないでくれよ」

チーフの声で我に返る。

「はい。問題ないです」

仕事に集中しろと己に言い聞かせて、千はスラックスの裾を手で払った。

いつものように一緒に帰宅。

そして自宅で着替えた千が優太郎の下にやってくる。

「まるで通い婚だね」

「交互に互いの家に泊まってるからな」

昨日は千の家に行って夕食を共にし、部屋で一緒に寝た。

だから今日はこっちだ。

今もベッドの上でゴロゴロと仲良く寝転がって、眠りにつくまでの幸せな時間を過ごしている。

両家の両親が、「二つの家の間に新婚用の離れを作ろうか？」と話をしているようだが、両家の兄や姉が「それはありえない」と頭から否定してくれたので、きっとこの案はなくなるだろう。

「そろそろ同棲しようか？　千」

それが最善の策だと思ったが、千が目を丸くして黙った。

自分は何か間違ったことを言ったのだろうかと急に不安になる。

「すまない。俺は何か間違えたんだな？　今の話は聞かなかったことにしてくれ」

「何を言ってるんだ！　優太郎の口から同棲という言葉が出てくるとはって驚いただけだ！　もちろん！　同棲しよう！　同棲すれば裸族になれる。裸族になっていつでもどこでも優太郎とエロいことしたい」

「……問題は家事だが、幸い俺たちは母に仕込まれている」

「優太郎。俺の幸せ予想図を無視しないで。家事は当然するけどさ」

「いやだって……ところ構わず千にエロいことをされていたら……俺は淫乱になってしまう。仕事中に急にしたくなったら困るじゃないか」

「職場でセッ」

「絶対にだめだ。俺が同棲を思いついたのも、結婚すると決まっているしそろそろ独立してもいい頃だと思ったからだ。あとは、その……」

「何？」

「吸精の訓練をするにもいいかなと、家族であっても人目があると、恥ずかしい」

「そっか」

セックスの最中に千を噛むのは、もう癖になった。

首だったり肩だったり、手だったり指だったり。

「適度に噛んでも吸精できないなら吸ってみる？」と言われて試したが、闇雲に千の首筋にキスマークが増えて終わった。

そのあとからだ。

「しばらく練習は休もう」と言われたのは。

「……そうだね。二人きりの生活なら何をしても新鮮だから、吸精スイッチが入るかも。そしたら裸族になるだけじゃなくて、一日裸エプロンの日も設けよう。あと、ベッド以外でセックスする日とか、挿入なしでメスイキだけする日とか。バリエーションは大切だ」

キリリとした顔で、何を凄いことを言っているんだ。

優太郎は、仰向けから横になり千を見つめる。

「千はどれだけ俺とセックスしたいんだよ」

「え？　毎日したいよ。だって優太郎を愛してるから。同棲すれば俺の想いは加速するよ？　絶対にね。なんなら先に籍だけ入れる？　優太郎が俺の姓を名乗ると甘霧優太郎かー。時代劇の剣豪みたいな名前だな」

「俺は佐々上千もいいと思う。俳優みたいだ」

「まあ、それは追々考えよう」

どちらの姓にするかまだ決めていないが、別姓でいるという選択もある。

今は同棲をどうするか、だ。

「物件を見に行く時間があるかな……これからショーの準備で忙しくなる」

「そうだな。千は休日はゆっくり休め。俺が物件を探してくる」

「二人で！　そういうのは二人で探すもの！」

千がいきなり抱きついて「一人じゃ行かせない」と駄々をこねる。

「わかった、わかったから……！　千の仕事が一段落したら、そしたら二人で物件を見に行こう？」

「……そしたら同棲は秋になる。今は春だよ優太郎」

「秋まで心の準備をしておこう」

「結婚披露宴は、美成実ちゃんが先になりそうだね」

「美成実は派手好きだから絶対に披露宴がしたいんだって。結構貯金してるみたいだ。俺も資産運用の相談を受けたことがある」

「美成実ちゃんのドレス姿……綺麗だろうな」

「俺もそう思う。……そういえば来月になったら、相手が顔を見せに来るそうだ。そのときは千も同席してくれ」

「喜んで……っ！　いいねえ。しなくても楽しく生きていけそうな美成実ちゃんが結婚するのは感慨《かんがい》深い」

「どうしても離れたくなかったんだって。相手は人間の血が濃いから、いつまで一緒に生きていられるかわからない。だから、ギリギリまで一緒にいられる手段を考えたら結婚が一番簡単だったって」

腰に手を当てて言い放ったときの姉の姿には後光が差して見えた。

千も「美成実ちゃんらしい」と言った。

「みんな変わっていく。だから俺も変わらなくては。吸精できるようになって、千と生き続けるんだ」

「うん。俺も全力で手伝う」

「ありがとう、そろそろ……寝ようか？」

会話が途切れて見つめ合い、唇を味わうキスをして目を閉じる。

部屋には二人きりだが一つ屋根の下には家族がいる。さすがにこの状況でセックスはできない。

それは千もわかっているようで、「仕方ない」と言った風のため息をついた。

二人とも寝つきがいいので、五分もしないうちに部屋はすっかり静まり返る。

そのはずだった。

ついさっき眠りに入ったはずだが、優太郎は違和感に目を覚ました。

ふわふわとした綿の上に寝転んでいる自分は全裸だ。

隣には、同じく全裸の千がこっちを見て照れ笑いしていた。

「どうやら俺たち、夢で繋がったみたい。何度も優太郎の夢に入ってたから、かな？　夢に入ることを意図していたわけじゃないんだけど」

「しかし、わかりやすい光景だ」

ピンク色の空には白いハートの雲が飛んでいる。まさしく夢だ。

「俺は優太郎をコントロールしようとしてないけど、優太郎的にはどう？　普段の自分と同じ感じ？」

「あ、ああ。そうだな。千から圧迫感は感じない。もしかしたら、目が覚めても覚えているかもしれない。今まで一緒に寝てても夢で繋がらなかったのに、なんで今？」

「多分……優太郎が同棲っていうパワーワードを放ったから、俺が動揺して夢で繋がった」

「なんだそれ」

「だって、それ以外に想像つかない」

「まあ……言われてみれば……？　でもなんで全裸？」

「夢の中でならセックスし放題だし、何より、吸精の訓練がしやすいと思って。まあ、俺の願望？　みたいな？」

思わず噴き出した。

「俺も、ここなら周りを気にせずいろいろ試せそうだと思う。セックスしよう、千」

「俺たち、まるで思春期の少年だね。好き＝セックスになってる。でもまあ、これは愛の公式で生涯に渡って作用するんですけど」

そう言って、千が左手をそっと摑んで、薬指の婚約指輪にキスをする。

そのまま、左手の指を丁寧に舐められる。指の間をじっくりと舐められていくうちに、優太郎の息が上がった。

「今日は入れない。俺が触れるのは優太郎の肌だけだ」

「でもそれじゃ……千が気持ちよくなれない」

「優太郎が感じてる姿を見たいんだ。ね？　指を舐められて感じた？　可愛い」

「感じた。くすぐったいのに、とても、気持ちいい……っ、特に指の間を舌で弄られると」

千の舌先がわざと指の間をくすぐっていく。

「は、ぁ」

快感で頭の中が白くなり、優太郎はそのまま仰向けに柔らかな大地に倒れ込んだ。千に手首を摑まれて、そのまま両手の指を嬲られる。

「あっ、あ、ああっ、気持ちいい……っ！　千、気持ち、いいっ」

膝を立てて大きく開いた脚の間に千が割り込んできた。

彼の目の前には、とろとろに濡れた優太郎の欲望が露になっているのに、ただひたすら指だけを愛撫していく。

「そこだけじゃなくて、千、あっ、こっち、こっちも……っ」

優太郎は腰を突き出そうとするが、そのたびに指の股を強く吸われて「ひぁ」と可愛い声を上げて体を震わせた。

両手の指が千の唾液でたっぷりと濡れた頃には、優太郎はどうしようもない欲望の熱を腹の中に抱える羽目になって、目の端に涙をためて肩で息をする。

「ここで、俺の精気を優太郎に流してあげたらどうなるかな？」

「だめだ千。死んじゃうよ、俺……そんなこと、されたら……よすぎて、死ぬ……」

「うん。覚えてるよね。凄く気持ちよくなる。今は夢だから、気持ちよくなりすぎて恥ずかしい姿をさらしても大丈夫だよ」

「本当に？　千は、俺のことを嫌いにならないか？」

「絶対にならないから。むしろ、優太郎の恥ずかしいところを思う存分見たい」

「だったら……任せる」

「うん。俺の精気を腹いっぱい飲み込んで」

千の両手で頬を包まれて、そのままキスをされる。

触れ合った唇がたちまち熱くなって、その熱が股間で陰茎を刺激した。

「んっ、ふ、は……、ぁあっ、ああっ」

呼吸をしようと顔を背けても、千にすぐ唇を塞がれた。口腔を舌で愛撫しながら唾液とともに精気が流れ込んでくる。

途端に優太郎の肌は過敏になって、千に指先でなぞられただけで射精した。精液の甘い香りを嗅がれるのが恥ずかしくて興奮する。

「たっぷり出てる。俺の好きな甘い香りだ。最後までちゃんと絞り出してあげるね」

まだ射精は終わっておらず、だらだらと精液を垂らしているのに、千の手で扱かれたらとんでもないことになる。

「だ、だめ、自分でする、自分でするからっ！　千に触られたら、あ、あ、あああっ！」

千の右手が半勃ちの陰茎を握って扱き出した。千の手が上下するたびに鈴口から精液が勢いよく飛び散っていく。左手で、射精を促すように陰嚢を優しく揉まれた。

「あ、や、やっ、も、止まらないっ、射精、止まらないっ……だめ、だめだ、だめっ！」

千の精気が体の中で愛撫の触手となって、優太郎を内側から激しく愛撫する。外と中から同時に、愛を込めて延々と嬲られては、過ぎた快感に声を上げて泣くしかなかった。

「も、だめ、だめだから、千、っ、中も外も、俺っ、こんな弄られたら……っ、も、だめ、だめになるっ、」

「なっていいよ。凄く可愛い泣き顔だ。とろとろに蕩けてる」

「ひっ、あ、あ、あ……あああああっ！」

射精が終わっても執拗に弄り回されていた陰茎から、熱い飛沫《ひまつ》が散った。

「や、なんで、こんな、漏らした。千の前で、こんな、恥ずかしい、恥ずかしいのに……止まらない……っ」

熱い液体は千の手と優太郎の股間を濡らして滴っていく。

「うん。漏れちゃったね。次はちゃんと潮吹きできるように頑張ろう？」

「も、無理……」

「これは夢だから大丈夫。ね？　俺の精気をいっぱいあげるから受け取って」

また口から精気を流し込まれる。

千の精気はとても旨いので、拒みたくとも口が勝手に開いてしまう。

「……千、俺、自分で千の精気を飲みたい」

「うん。その前に、優太郎の精気をもらっていい？　ちゃんと、飲みたい」

優太郎は早くと言う代わりに、千の首に両手を回した。

次の瞬間、体が浮遊したように意識が揺れる。

のしかかっている千の目は真紅で、口には牙が見えた。その容姿で、優太郎の首にしゃぶりつく。

「くは…………っ！」

力任せの強引な吸精に、体から徐々に力が抜けていく。

「せ、ん……っ」

これ以上は辛いから勘弁してくれと訴えるが、千は逆により強く精気を吸った。

視界が狭くなる。もしかしたらこのまま死んでしまうのか。

千がなぜそんなことをするのかわからないまま、優太郎の意識が途切れそうになったが。

自分は今にも死にそうなのに、千からやたら旨い匂いがする。

その匂いが気になって気になって、優太郎は青白くなって震える右手で彼の頭を撫でた。

「せん……いい、匂いだ」

自分は何を言っているんだ。

優太郎は「いい匂い」と何度も繰り返して千の頭を撫でる。

「匂いがわかる？」

「うん。千から凄くいい匂いがする。旨そう。たまらない」

千が体を起こし、「旨いよ」と優太郎に右手を差し出す。優太郎の目も千と同じように赤く輝き、自分が何をすればいいのかわかっている。

千の腕に顔を寄せ、唇を触れさせて、そこから彼の精気を吸い取った。

どうしてこんな簡単なことができなかったのだと思うほど、あっけない。

「やった……っ」

千が物凄い勢いで両手を振り上げたせいで、優太郎は満足に精気を吸えずにふわふわの床に転がった。

……そんな夢を見たところで、目が覚めた。

ベッドで寝ていたはずなのに、床に落ちるなんて、なんて寝相だと思って立ち上がると、ベッドの反対側からは同じように千が立ち上がった。

「千。俺は今、試したいんだ。いいか？」

「はいどうぞ！」

千が真顔で頷いた。

これでわかった。二人とも夢を覚えている。

優太郎は千の腕ではなく、今度は千の首筋に唇を押しつけて、夢魔や夢魔ミックスなら呼吸をするように自然に行える「吸精」をした。

少しずつ口の中に広がる千の精気は、すぐに優太郎の体を満たして幸福にしてくれる。

夢魔や夢魔ミックスたちは、これを当たり前のように行っていたなんて。

「……これが、千の味が。俺は今、多幸感に包まれて大変だ。幸せって凄い。吸精できるって……とんでもないな」

「俺の精気だからそんなに気持ちよくなれるんだよ？　優太郎。それ、忘れないで」

「わかってる。他の人間は……違う味なのか？」

でもきっと、最初に吸ったのが千の精気だから、比べられない。

千の精気は信じられないほど旨くていい香りがして、優太郎に幸福と快感を与えてくれる、過保護な精気だ。

「不味いから、吸っちゃだめ」

「やっぱな、そうか」

「このまま、吸精の熱を冷ます？　それとも」

「あ、あっ、千、体の中が熱くてさ、千、もう少し、精気ちょうだい。ああでも、この腹の減り方はおかしいな。エナジーゼリーも飲まないと……」

腹が減るから目眩《めまい》が起きるのか。

それとも何か別の理由があるのか。

優太郎は何もわからないまま「体が変だ」と呟く。

がくんと、体が傾き、倒れそうになったところを千が抱き留めた。

「七十二柱悪魔の血を濃く継いだ俺の精気だ。吸いすぎは、感じるどころか気絶する毒だぞ、優太郎。起きたらちゃんと教えてあげる」

千は気を失った優太郎を抱きかかえてベッドに戻り、ブランケットで自分たちを包んで再び眠りについた。

実にあっけなかった。

いやきっと、問題はいつもこんな風にあっけなく解決するのだろう。

もっとこう、ドラマティックなものを想像していたが、結局のところ、吸精スイッチは「枯渇」だったのだ。

「千は気づいていたのか？」

出勤のためにスーツに着替えた千の背に、問いを投げかける。

目覚ましより早く目覚めたが、体がだるくて熱があるので、今日は一日休み、明日からベストな状態で会社に行くと決めた。起き上がると目眩がするのでこれはもう仕方がない。

有休はたまっているから、使わせていただく。

「いや、ただ……なんとなく？　でも、脳裏に、カラカラに乾いたスポンジの吸水力がよぎったかもしれない」

「そうか。……ああ、旨い精気も過ぎると毒だな……俺は食い意地が張っていた」

申し訳ないと謝ったら、とても優しい表情をされた。漠然と、愛されていることを実感してしまい優太郎の顔が赤くなる。

「俺、仕事に行かずに優太郎の看病をしたい」

「お前、仕事は大事だ。体調不良でなければちゃんと仕事をしろ」

「わかってる。わかってるけど……愛してるから離れがたい」

「それは、俺も……」

ああキスがしたいな……と思ったが、すんでのところで我慢した。

「なんで！」

「だめ、今キスしたら俺はすぐに精気を吸ってしまう。だって千がとても旨そうな匂いだから」

「少しぐらいならいいけど、そうしたら、優太郎の熱は下がらないもんね。あとは、おばさんに任せるよ」

千はそう言って、部屋のドアを開けた。

そこにはトレイにおかゆと飲み物を載せた母が立っている。

「あら千君ありがとう。優太郎の看病は任せて行ってらっしゃい」

千が投げキッスをしてきたので、優太郎はそれを摑む真似をした。

「さて、優太郎」

母がテーブルにトレイを置き、息子を振り返って見て、「よかった……！」とそれだけ言って深く長いため息をついた。

これは安堵のため息で、口から零れ出て行ったのは不安や恐怖だ。

「あなたたち、いつもいつも突然なのよ」

「あー……申し訳ない。でもこれで、無事に三十歳を越えられる」

「千君には、どれだけ感謝しても足りないから、あなたが一生掛けて感謝してね？　優太郎」

「もちろんだ。それと……母さん」

「何？　おかゆは鮭と子持ち昆布を載せてあげるね」

「千と二人でどこか住むところを借りようかと思ってる。婚約もしたし、次は同棲をしたいんだ」

思い立ったら吉日だと思ったのだが。

母は菜箸を持ったまま「ホント、なんでそう突然なのよー！」と大声を上げた。

ナイトウィング社のハイブランドはショーの動画配信には慣れているが、『B／K』は初めてで、ハイブランドの一つ『カッツ』から精鋭スタッフが派遣されて当日のスケジュールが組まれた。

悪魔と人間のミックスが多いスタッフは力自慢も多く、「ここにライトを置きっぱなしにしたの誰？」と言いながら片手で軽々と移動させたり、足場を肩に担いで「向こうに持っていく」と言ったり、いろいろな人がいて楽しい。

そして服飾広報課のチーフとも連携が取れていた。

「甘霧はいつまで気力を充塡しているんだ？　お前の出番はすぐなんだぞ？」

「そうだぞ千。俺はここで見守っているから、頑張ってこい」

千が各方面に冷静に駄々をこねた結果、優太郎は「雑用係」としてこの現場に入ることになった。

先輩の戸巻に事情を話したら、「あいつのなりふり構わなさは見習いたい」と腹を抱えて笑ったのが恥ずかしかった。

しかし、この撮影も会社の仕事の一つ。名指しで派遣されたのだからその期待に応えようと心に決めた。

「俺は……リハーサルで力を出し尽くしたかもしれない……」

「甘霧さんわかります。僕もです。だってクリスティーヌさんがリハーサルって言わなかったから」

パイプ椅子に座ってオレンジジュースを飲んでいるリオンは、宗教画の天使のようだが、今は後光は薄れて見える。

「それについては悪かったわよ。疲れてるだろうけどスケジュールも押しているから頑張って。そして本番の撮影には可愛いゲストも出演します！」

ゲストこそリハーサルをした方がよかったのでは……？　とその場にいたモデルやスタッフは心の中で呟いた。

「しかしまあ、『B／K』の今季は花柄とレースで可愛いじゃないか。これならメルヘンなセットとも合うし、最高だ。みんな頑張れ。第一回の打ち上げが待ってる」

チーフによると、今回は打ち上げが二回あって、一度目は撮影終了後。二度目の打ち上げは配信終了後らしい。

どちらも楽しそうだと思いながら、優太郎は、みんなが歩き回っても滑らないよう、床を丁寧に掃いていく。

このフロアは自社ビルの地下にある多目的イベントホールで、大体は撮影配信用に使われる。わざと天井を高く作ってあるので圧迫感がなく、ゆったり広々している。隣のガラス張りのブースには高価な音響設備が揃っている。

「はーい！　みなさーん！　ゲストのワンちゃんです！　特別なワンちゃんなので配信で

も視聴者数を稼いでくれると思いまーす！」

スタッフが浮かれているのも仕方がない。

現れたのは、五匹の柴犬ケルベロスの子犬だったのだ。モフモフだ。そして元気がいい。

フロアが静まり返り、次の瞬間黄色い悲鳴に変わった。

「可愛い！　可愛い！　顔が三つで可愛い！」

「シバ……最高！　なんでケルベロスなの最高すぎる！」

「初めて見た！　すごーい！」

などと言いながら、みんな一斉にスマホで写真を撮りまくる。

「あの、あまり刺激しないでくださいね。人に慣れていても小さくてもシバベースでも、ケルベロスですから」

柴犬ケルベロスを連れて来た女性トレーナーが、大興奮しているスタッフやモデルたちに声を掛けるが、あまり聞いてもらえないようだ。

それでも犬は大人しいから、躾けが行き届いているのだと思う。

鳴き声と姿が愛らしい彼らをうっとりと見ていたら、クリスティーヌがトレーナーに近づくのが見えた。

「素晴らしい柴犬ケルベロスですね。ケルベロスは地獄の魔犬、小型化するにはさぞかし苦労されたことでしょう」

「私は、その、トレーナーなので」

「私の知る限り、柴犬ケルベロスのブリーダーをしている人間は、日本に一人とドイツに一人。彼らだけです。そして柴犬ケルベロスの養育条件はとても厳しい。それらをクリアできる人間にだけ飼うことを許された動物です」

「はあ、そうです……けど」

「ならばどうして、この子たちの首輪はヒドラの結晶で作られていないのかしら。柴犬ケルベロスの首輪はヒドラを結晶化させてサイズを合わせた首輪でなくてはならないはず。この子たち、普通のワンちゃんの首輪をつけているわ。これだと、やがて首が腐り落ちてしまう」

トレーナーの表情がこわばった。

クリスティーヌは「私、一度は飼い主になりたいと思って、ブリーダーにいろいろと話を聞きましたの。そして、柴犬ケルベロスの子供の盗難のことも聞きました」と言ってブリーダーを睨んだ。

「セキュリティと警察へ連絡だ」

チーフがスタッフに指示を出す。

「柴犬ケルベロスはとても愛らしいし、ショーのゲストには最高だわ。スタッフたちも『何か特別なものを』と思いながら探して、あなたに辿り着いたんでしょう。魔界についてがある動物トレーナーが用意した柴犬ケルベロスならば問題ないと。私もそう思った。でもさっき、首輪で気づいてしまった。あなたは本当に、この子たちを育て躾けたの？　それとも、なにか思惑があってここにやってきたの？」

クリスティーヌが淡々とした口調で彼女を追い詰めていく。

「わ、私は、ただ……」

「もしや……今回の配信を邪魔したかったのかしら？　そういう人たちから嫌がらせメールがきているのだけど」

その言葉に、トレーナーが「うるさい！」と大声を上げた。

「黙りなさいよ！　他の奴らなんか知らないわよっ！　なんなのよあんた！　そんなの妨害されて当然でしょう！　私の愛するスイートパンチのデザインをパクリまくってて最悪！　しかもパクリ服を着て喜んでるなんて！　私が絶対に許さないっ！」

その剣幕に「これは危ない」と気づいたクリスティーヌは、急いでチーフの下に避難した。

「私にかかればケルベロスだって言うことを聞くようになるの！　だって私のパパは七十二柱悪魔の一人なんだもの！　ひれ伏して！　敬いなさい！」

「七十二柱の誰だ。名前を言え」

冷静に訊ねたのが千だったので、彼女は頬を赤く染めて「こ、ここでは言えないわ」と可愛らしい声を作る。

「言えるだろう。むしろ、七十二柱と言ったら、名前を出さなければ不敬に当たるだろう。こう言えばいい。わが曾祖父は悪魔七十二柱の一人、ダンダリオン」

「え……？　本当に……？　王子様のように素敵な人、素敵すぎる……」

「さあ、君の父の名は？」

「ごめんなさい！　嘘です！　殺さないで！　でも『B／K』は嫌いだからやっつけてやる！　ケルベロスたちゴーっ！」

リードを外されて「ゴー」と言われた柴犬ケルベロスたちは、その命令を遂行すべく全力で走り出した。

「え？　ちょ、何事？」

女性トレーナーは今来た通路を走って逃げたが、追いかけるより先に犬たちをどうにかしなければならない。

ケルベロスたちは撮影セットを最高に楽しそうに噛んで破壊していく。愛らしいのは姿だけで、解放された力はすさまじい。

破壊目標にされたのはセットだけではなかった。

ひらひらとレースが揺れるモデルたちの衣装にも飛びつき、その可愛らしい外見に反した獰猛《どうもう》さに、モデルたちが恐怖で固まって何もできないのをいいことに、衣装を引きちぎ

る。

「機材！　あと、カメラ！　それはブースに持っていけ！」

ごめんなと言いながら柴犬ケルベロスを足で蹴散らしながら、チーフが機材をブースに避難させる。

「こっちに集まれっ！」とビーフジャーキーを手にしたスタッフのところには、一番大きな柴犬ケルベロスが襲いかかり、すべてのビーフジャーキーを奪われた。

「うわああ！　モフモフで気持ちいいけど怖い！」

「負けるな！　悪魔の誰か、ケルベロスを従えさせてー！」

スタッフの一人が悲鳴を上げて、美しく飾ったランウェイを死守している。

「いや、これは悪魔ミックスにどうこうできるものじゃなく……」

優太郎は千に抱き上げられて、柴犬ケルベロスがキュンキュンと可愛らしく鳴いても届かない大道具の上に避難した。

「俺が精気を吸ったらどうかな？　大人しくなってくれると思う」

「馬鹿。だめだ。優太郎が吸っていいのは俺の精気だけ。あいつらは可愛いけど、俺の方がもっと可愛い！」

「犬はカウントしなくていいだろ。それにだ、千、みんなで作ったセットが破壊されていく。まだ本番撮影が残っているのに。ここは俺に任せろ……！」

大道具からひらりと下りたら格好よかったが、足下に一匹の柴犬ケルベロスがいて、それを避けたら転んだ。そりゃもう格好悪く。

「優太郎！」

柴犬ケルベロスたちは、優太郎を遊び相手と認識したようで、散々嚙み砕いたセットを放り投げて突進してくる。

「ふざけんな！　優太郎は俺の大事な嫁だっ！　どんなに愛らしく可愛い犬でも許さないぞ！　お仕置きするぞ！」

千がとてつもない速さで大道具から駆け下りて、優太郎を肩に担いで、尻尾を振りながら寄ってくる犬たちの前に立った。

そして「退け」と告げる。

その声を聞いた途端に、柴犬ケルベロスたちは脚の間に尻尾を入れてひとかたまりになって伏せた。

「お前たちには躾けが必要だな」

千の声に、犬たちは可哀相なほどブルブルと震え出す。

「それ、やりすぎです。大人しくしたら癒してあげなくちゃだめです。僕の言うことを聞いてくれるよね？　ワンちゃんたち」

リオンは後光を輝かせながら柴犬ケルベロスたちに微笑みかけた。

天使の後光を浴びたケルベロスたちは目を閉じて一匹また一匹と静かになる。

「あら、気絶したわ。大変！　ブリーダーに連絡して引き取ってもらいましょう！」

「……なんで僕の後光で気絶するんですか」

「だってこの子たち、地獄の魔犬の血を継いでいるのよ？　天使の血が濃いミックスの後光を浴び続けたら溶けて消えちゃう」

マジですか？　とその場が微妙な空気に包まれたのを確認してから、クリスティーヌは「嘘に決まってるでしょ。可哀相じゃない」と笑った。

結局本番撮影はできなかったが、リハーサルとは知らずに全力でランウェイを闊歩《かっぽ》したモデルたちの動画を使って、編集することになった。

女性トレーナーと偽っていた犯人は、両親が損害賠償金を支払い各方面に頭を下げて、彼女の監督をすることで落ち着いた。チーフのところに彼女から謝罪の手紙が来たそうだ。

チーム一同が一番心配していた柴犬ケルベロスたちは、彼らを盗まれたブリーダーのところに戻り、トレーニングをやり直すことになった。

ちなみにクリスティーヌは、一年後にその中の一頭を譲り受けることが決まっている。

編集スタッフによって素晴らしい動画に生まれ変わった『B／K』のショーは、いくつかの配信会社を経て一斉配信された。

優太郎も千の部屋で深夜一緒にリアルタイムでネット配信を観たが、あの地下のフロアに奥行きが出て、モデルたちが洞窟からファンシーな空間に登場する様が素晴らしかった。

コメントが同時投稿できる配信サイトでは、クリスティーヌが登場すると「お姉様ー！」の文字弾幕で画面が埋め尽くされ肝心のクリスティーヌがまったく見えなくて笑った。

「千も人気があるな……そりゃ格好いいもんな。立っているだけで綺麗だし、俳優の仕事が来たらどうする？」

「俺？　優太郎と一緒にいる時間が少なくなるから嫌だ」

千はどこまでも千で、優太郎のことだけを考えていた。

「もう俺を現場に呼ばずに一人で頑張れよ？　俺は経理の仕事が向いているんだ。数字は素晴らしい」

「わかった。職権乱用はもうしない」

「そうしてくれ」

「でも、あの柴犬ケルベロスは可愛かったな……」

「俺の方が可愛いし綺麗ですからね？　優太郎が愛するのは俺だけですよ？　聞いてますか？」

「敬語やめろ」

優太郎は笑い出し、千も釣られて笑った。

動画配信されるまでは、失敗したら、セットにかかった費用をどうするかで服飾広報課はいろいろと大変だったらしいが、いざ蓋を開けてみたら大成功で、ウェブライターたちの評判もよく、SNSでもハッシュタグがついて語られたり、トレンドに上がって盛り上がった。

そしてこのご時世に『B／K』は売り上げを伸ばした。初めて作った柴犬ケルベロスグッズの人気も上々で、このまま定番化するとの話だ。

姉・美成実の恋人が佐々上家を訪れて、滞りなく結婚話は進んだ。

端整な容姿の青年は寡黙だが態度や言葉遣いから誠実さがうかがえた。

大学の准教授の彼は、大学で美成実と出会ったそうだ。当時は研究室の助手として忙しい毎日を送っていた彼とは、美成実の一年にも渡る猛アタックでようやく付き合いが始まったのだという。どこかで聞いた話だと優太郎は弟と話の途中で顔を見合わせた。

青年は照れくさそうに頭を掻き、美成実がそんな彼の肩にもたれて微笑む。ああ、この二人ならきっと上手くいく。

だって俺たち姉弟には、両親という最高のお手本がいるのだから。

「僕は美成実さんと結婚いたします。どうか、見守っていてください」

簡潔な挨拶。けれど、下げた頭を勢いよく上げた彼の顔には決意が見える。

両親は自分の娘がとても素晴らしい相手と出会えたのだと理解し、弟の秀太郎はいきなり涙ぐんで「姉さんをよろしく」と言い、優太郎と千は姉の明るい未来を確信した。

姉は秋に結婚する。

優太郎と千の同棲引っ越しは、翌年の春と決めた。冬は寒いからという単純な理由だ。

家のことが一段落したところで、「もっと有休取って!」と総務から怒られていたので有休を取ることにした。

両家の両親は「婚前旅行に素敵なホテルを選んであげる」と騒いでいたが、「選ぶのは俺だから!」と千が選んだのは山奥の旅館だった。

「静かなところだな」

部屋は畳敷きの二間で、床の間には瑞々しい季節の花が生けてある。

広縁に向かい、窓を開けるとすがすがしい山の空気を感じられた。下には川が流れてゴツゴツとした岩に当たって飛沫を上げている。岩の間に鳥が飛び交っているのが見えたが、背が黒くて腹が白いからセキレイだろうか。

向かいの山の中にも、小さな生きものたちの気配を感じる。ふわふわと精霊が漂っているのが見えた。

「ここいらともなると、ずいぶん美しい精霊が飛び交うのが見えるんですよ。真夏ですと、蛍と共に現れて、それがまた幽玄《ゆうげん》な様子で……」

仲居がお茶を入れながら説明してくれた。

そうだろうとも。今でさえ楽しそうに虹色に光っている。

「お夕食は何時にいたしましょうか?」との質問には千が「七時で」と答えた。

千と仲居の話を聞いていると、食事は部屋で食べるようだ。

「ではごゆっくり」と言って仲居が部屋から去った途端、千が乱れ箱から浴衣を出して押しつけてきた。

「え？　なんだ？　どうした？」

「浴衣を着てセックスしたいです！」

「真っ昼間から堂々と言うなよ。俺は温泉に入って、晩飯まで散策しようと思ったのに」

「それは明日でもできるよ？　今俺がしたいのは、浴衣姿の優太郎とセックスすることだ。もちろん俺も浴衣を着ます！」

言ってるそばから、千は着ている服を脱いで下着一枚になり、浴衣を羽織って手早く帯を締めた。足下に脱いだ服が散乱する。

浴衣なんて子供の頃しか着たことがなかったので、大人の千の浴衣姿にたちまち胸が高鳴る。

「どう？」

「格好いいに決まってるだろ。千は何を着ても似合う」

浴衣を着た王子だ。キラキラして美しい。

優太郎は心の中で山ほど賞賛する。

「そんな格好いい俺とセックスしたいよね？　優太郎」

「あのな、俺はもう、何もできない夢魔ミックスじゃないからな？　精気だって吸うぞ？」

「構わないよ。でも量は気をつけて。というか、優太郎はこれから一生、俺以外の精気は絶対に吸わないこと。俺が嫌だ。それに、俺以上に旨い精気なんてこの世にない」

「……断言するのか」

「当然だ。愛した相手の精気が世界で一番旨いに決まってる」

なるほど。

思わず頷いて、それから優太郎は顔を真っ赤にした。

「今更恥じらっちゃうわけ？」

「す、すまない……」

「でも俺、優太郎のそういうところが好きだ。我慢して我慢して、我慢し切れなくなって弾けるように夢魔の本性が出るのって、ある意味ギャップ萌えじゃない？」

「なんだそれは」

「ははは。まあいいや。俺が一人で満足してるだけです。はい、服を脱いで浴衣を着て」

急かされて浴衣を着たままではいいが、部屋に突っ立ったままで何をどうすればいいのか。

「千。布団を敷くか？」

「別にいいよ。こっちに来て。ほら、鳥がいっぱい飛んでる」

千が広縁に置かれた椅子に腰掛ける。ゆったりとした籐《とう》の椅子に座って肘置きに手を添えている姿は様になった。

その姿の写真を撮りたいと思ったが、時間はいくらでもあるのであとで撮らせてもらおう。

「ん？」

「俺の前で、浴衣の裾を上げて」

ここには二人きりなのはわかっている。

どの部屋もプライベートが保たれている。きっと部屋付きの露天風呂もそうだろう。

とにかく「宿泊するお二人が二人きりの時間をたっぷりと過ごせるように」というコンセプトがしっかりしている。素晴らしいと思う。

だが。

優太郎は顔を赤くしたまま、もじもじと下を向いた。

「いや、それは……ちょっと」

「俺のお願いなんだけど」

「う……」

千のお願いは聞いてやりたいが……恥ずかしさが先に立ってためらってしまう。

「俺だけに見せて。ここでしかしないお願いだから」

「そ、そこまで言うなら……」

優太郎は浴衣の裾を両手で持ち上げて、太ももまで露にした。

「エロいけど、もっと上まで見たい」

「これが、浴衣を着てするセックスなのか？」

「前戯。そういうの必要だろ？　優太郎がエロくなるための儀式というかなんというか」

「千は……恋人になってから言うことが露骨になった」

「だって優太郎が可愛いから」

意味がわからない。

しかし、目の前で瞳をキラキラさせて自分を見ている千が可愛いので、優太郎はお互い様なのかもしれないと思う。

「こんな風にすれば、誘惑しているように見えるか？」

優太郎は浴衣から手を離して丁寧に裾を正し、千をじっと見つめる。彼からは股間が見えないように前屈みになって、わざとゆっくり途中まで脱いだ。

そうしてから、浴衣の合わせを左右に開く。

太ももと、膝まで下ろした下着が露になった。

「これならどうだ。単に浴衣を上げるよりいやらしいだろう？　俺は夢魔ミックスだから、こういう誘惑だってするんだ」

リアクションが欲しいのに、千はさらされた場所をじっと見つめて何も言わない。

ねっとりとした視線が絡みついて、股間が熱くなる。

「千……っ」

「見られるだけで興奮した？　勃起してて可愛い。ね？　もっと広げて？　俺に隠してる恥ずかしいところを見せて。何もかも見せて」

「う……」

自分が誘惑したはずなのに、千の声に誘惑される。

「俺の声が気持ちいい？　もっといっぱい話してあげるから、ね？　俺の言うことを聞いてくれ優太郎」

優太郎は素直に頷いて浴衣を左右に広げた。

上半身は帯で押さえられていて乱れてないのに、下半身はすべてがさらけ出される。しかも膝まで下着を下ろしているので情けない格好だ。

優太郎が何より情けないと思ったのが、見られただけで勃起してしまった陰茎だった。

「夢魔ミックスなのに、誘惑がヘタで申し訳ない……。俺だけ、こんな、感じてしまった」

千の視線がまとわりついて、何もされていないのに愛撫されているような気になる。

気持ちよくて鈴口から先走りが溢れた。

「もっと、ね？　たっぷり濡れて。感じてる証拠をペニスから溢れさせて」

囁きを聞くだけで、千の口に陰茎が含まれたような衝撃が走る。彼の喉を潤したくて精液を溢れさせる。もっと気持ちよくしてほしい。そして自分も。

「俺も、千の、銜《くわ》えたい。千を気持ちよくしたい……」

「おいで」

そう言ってもらって優太郎は、膝に引っかけていた下着を脱ぐと千の前で膝を折る。

「待って。そこじゃなく、こっち」

指さされたのは膝の上。

「俺が乗っても、平気なのか？」

「大丈夫。こっちを向いて、俺をまたいで」

その格好だと、千を気持ちよくさせることができない。

「俺は不満なんだが……」

「この格好で優太郎と繋がって、気持ちよくなりたいんだ」

「俺のフェラチオはヘタか。申し訳ない、もっと練習する」

「そうじゃなくて。というか、俺のペニスで練習してくれていいから！　でも今は、この格好でしたいの！　俺に下から突き上げられて浴衣を乱れさせて感じてる優太郎が見たいんだって！　浴衣姿で乱れるっていうのが大事なの！」

「わかったから、外に響く大きな声はやめてくれ。こだまが返ってきそうだ……」

「よかった！　じゃあ優太郎の先走りを潤滑剤代わりに使うね」

「笑顔で恥ずかしいことを言わないでくれ」

インキュバスの射精量が多いのは知っていたが、他人に言われると居たたまれない。

「感じてるから大丈夫。ほら、もうこんなに溢れてる」

いきなり陰茎を握られて、先走りを出すように強く扱かれた。

「やっ、あ、あぁ……っ！　千、そんな強くされたら、射精、する……っ」

「いいよ、俺にたっぷりかけるつもりで射精して」

「そんな、あっ、あ……っ」

たまらず千の頭を抱きしめる。

右手で扱かれて左手で陰嚢《いんのう》を揉まれただけで、すぐに射精してしまった。

あまりにあっけなくて情けない。

「こんな……早いなんて……」

「俺に触られてすぐ気持ちよくなっちゃう優太郎は可愛いから、そういうことは気にしなくていい」

「しかし…………あっ」

「ほら。すぐに気持ちよくなれるんだから、今は俺の指を味わってて」

「ぬるぬるする」

「優太郎の精液は十分潤滑剤になるね。乾かなくてとろとろしてて、すごくエロい……」

濡れた指で後孔を撫でられる。

千が、自分の手のひらに受け止めた精液を優太郎の後孔に塗るのがわかった。

「う、うぁ……」

「優太郎の愛液と俺の精液を混ぜ合わせるね。指が一本じゃ足りなくて、すぐに二本飲み込んじゃったよ。こうして動かすと気持ちいい？」

指で中を突かれるたびに、ぐちゅぐちゅと泡立つような音がする。

優太郎はそれがよくて闇雲に頷いた。

「早く優太郎の中に入りたい」

千が左手で浴衣を左右に開き、下着をずらして勃起した陰茎を見せつける。

「千、俺の中に入ってくれ。我慢なんてするな」

「いいの？」

「俺は夢魔ミックスだから平気。もう中は、受け入れたくてとろとろになってる。それに、千を愛してるから大丈夫」

「もう優太郎……！」

千が感極まった声を出し優太郎の中からそっと指を抜く。その代わりに今度は彼の陰茎が押しつけられた。

「精気を吸う練習じゃなくて、ちゃんとしたセックスだ。でも、吸いたくなったら吸っていいよ。吸ってもらうと俺も気持ちいいし」

「わかった。でも俺、もうすでに……気持ちよくて……たまらない」

射精したばかりなのにもう勃起している。今だけはインキュバスの自分に感謝した。

「まだ入れてないよ」

「触れ合ってるだけで、俺は、気持ちいいんだ。千が俺を求めてくれるのが嬉しい」

「もっと貪欲に俺を欲しがってよ」

ゆるゆると千が中に入ってきた。千に腰を掴まれて彼のペースで挿入される。自分で勝手ができなくてもどかしいのに、それ以上の快感に満たされていく。

「そのまま腰を下ろして。最後は自分の体重で俺を飲み込んでよ」

「わ、わかった……」

優太郎は千の肩に両手を添えて、息を吐きながら腰を落とす。

こんな深いところで繋がったのは初めてで、千のすべてを収めた体はすぐには動けない。

「熱くて狭くて、凄く気持ちいい」

千がそう言ってくれるのが嬉しくて、優太郎は自分から彼に唇を押しつけた。

「もっとして」

「ん」

触れるだけのキスをしてやると、千が嬉しそうに笑う。
それが可愛らしくて、優太郎の心の中は甘酸っぱい幸福でいっぱいになった。

美成実の結婚披露宴の準備を間近で見続けた優太郎は、「自分たちは別にしなくていいか」と思うようになった。彼は主に金銭、収支について姉と義兄にアドバイスをしたが、とにかく結婚というイベントには金がかかる。

最初は新居で暮らすと言っていた姉夫婦だったが、父と義兄の趣味がアウトドアということで一気に親交が深まって今は一緒に暮らしている。

母が「新婚のうちは二人っきりがいいでしょ！」と猛反対したが、当の美成実が「私は透さんと一緒にいられればどこでも幸せ」と言ったので、それきり何も言わずにいる。

父と義兄は、甘霧父を交えて、三人でキャンプに行くことが多くなったらしい。

そして優太郎は千と共に、吟味に吟味を重ねた物件探しで、希望通りの部屋を見つけた。

それぞれの実家からは歩いて十分ほどの距離だが、最寄り駅からは少し遠くなった。

それでも、四畳半二間で六畳のリビング。キッチンは二畳あり、バストイレは分かれている。ベランダは広くて日当たりがいいマンションの角部屋。これで家賃が八万なのは、四階建ての四階でエレベーターがなく、築年数が結構経っているからだ。

四畳半は二人のそれぞれの部屋で、リビングやキッチンは共有スペース。

成人男性二人にはコンパクトな造りだが、それでもインテリアや家電を相談しながら揃えるのは楽しい。

リビングのテーブルだけは、優太郎の部屋にあるちゃぶ台を持ってきた。

思えばあれが、初めて二人で買った物だ。

ここから、また二人の新しい暮らしが始まると思うと、感動する。

休日の昼下がりに、ふと隣を見ると愛しい人がまどろんでいる。幸せだ。

「何？　楽しいことあった？」

日光が眩しいのか、千が目を細めている。

「幸せだなって」

「俺も。……優太郎、こっちにおいで」

六畳のリビングに二人掛けの大きめのソファは難しいと思ったが、無理して買ってよかった。今はこうして愛を育む場所になっている。

「夕飯の買い物をしようと思ってるんだけど」

ソファに寝転がっている千を見下ろして、「買い物」を連呼した。

近所のスーパーでは週末に米が安売りされているので、それもゲットしたいのだ。

「優太郎は俺の精気を食えばいい。もう、精気を吸う加減はわかるだろ？」

「う……さすがにわかる」

「俺も優太郎の精気を吸う」

「今夜はカレーにしようと思ってたんだけど」

「カレー食べたい……」

「じゃあ起きろ」

「もっと優しく言って」

「千、愛してるから一緒に買い物に行こう」

「手を繋いでいい？」

「もちろんだ。俺も手を繋ぎたかった」

長袖のシャツにジーンズ、上にカーディガンを羽織るが、私服は下着と肌着靴下以外は共有で使うものが多いので、基本的に早い者勝ちだ。

「俺たち双子コーデ？」

「王子様顔で双子とか言うな。俺がビビる」

「ははは」

そんな馬鹿な会話をしながら、六畳のリビングからキッチン横の狭い廊下を抜けて、半畳ほどの玄関でスニーカーを履く。狭い玄関では二人並んで履けないので、順番待ちとなる。

ようやく玄関を出てドアを閉めて鍵を掛けると、見晴らしのいい外廊下に出る。

この住宅街の、ずらりと並んだ屋根を見るのが楽しい。

「ああ、俺たち二人暮らししてるんだな」

千が嬉しそうに目を細めて言った。

「最初は……こんなこと考えられなかった。俺は千の結婚式で友人代表のスピーチをするんだと暗くなっていた」

「何それ！　俺も同じことを考えてた！」

ゲラゲラ笑う千に、「でも今は婚約者だ。これも予想外」と追い討ちを掛ける。

千があまりに楽しそうに笑うので、優太郎も釣られて笑った。

「三十歳も無事に迎えられるし……」

「その前に結婚しますから、俺たち」

千が笑いすぎて涙ぐんだ目を拭い、真顔で言う。

「はい、あなた」

笑いながら言って外廊下を駆け下りていくと、千が「なんなの！　今の、もう一回！」と怒鳴って、駆け下りてきた。

あとがき

こんにちは。高月まつりです。

今回は人外まみれの世界のお話でした。

「エッチは結婚してから」を地で行く夢魔ミックスの優太郎が、精気を吸えるようになって恋人もできて命の危機から脱するという話なんですが、精気って単語をキーボードで打ちながら「声に出すと誤解を生じる……いやこの世界ではなんともなかった。それが普通だった！」と自分にツッコミを入れました。

純粋な人間はいないけど、みんなのんびり楽しくやってるよって世界は書いてて凄く楽しかったです。

エナジーゼリーの他にも魔界スナックや天国カップアイスとか、そういう頭が悪いネーミングだけど定着しちゃったスナックやお菓子をもっといっぱい入れたかったのですが、本筋と関係なくなるのでやめました。ちょっと残念。

読まれた方には、「あの世界には魔界スナックってわけのわからないものが存在するのか……」と思いを巡らせていただければと思います（笑）。

イラストを描いてくださった八千代ハル先生、本当にありがとうございました。何回感謝をしても足りないほどです。本当にありがとうございました。優太郎の真面目可愛いところと、千のキラキライケメンっぷりが最高です。

そんなこんなで千と優太郎は末永く幸せに暮らしていくと思います。
個人的に、優太郎の姉弟を交えた三姉弟の会話は、書いててとても楽しかったです。今回はいつも以上に会話を書くのが楽しかった。ノリノリになりました。

では、またお会いできれば幸いです。

本作品は書き下ろしです

髙月まつり先生、八千代ハル先生へのお便り、
本作品に関するご意見、ご感想などは
〒101 - 8405
東京都千代田区神田三崎町 2 - 18 - 11
二見書房　シャレード文庫
「本気《マジ》で不純な生存戦略～精気吸引はじめました～」係まで。

CHARADE BUNKO
本気《マジ》で不純《ふじゅん》な生存戦略《せいぞんせんりゃく》～精気吸引《せいききゅういん》はじめました～

2021年 5 月20日　初版発行

【著者】髙月《こうづき》まつり

【発行所】株式会社二見書房
東京都千代田区神田三崎町 2 - 18 - 11
電話　03（3515）2311［営業］
　　　03（3515）2314［編集］
振替　00170 - 4 - 2639
【印刷】株式会社 堀内印刷所
【製本】株式会社 村上製本所

落丁・乱丁本はお取り替えいたします。
定価は、カバーに表示してあります。

ISBN978-4-576-21057-5

https://charade.futami.co.jp/

Novel
高月まつり
Illustration
兼守美行
妄想男子のイケナイ愉しみ
CHARADE BUNKO